库切
文集

夏日
SUMMERTIME

〔南非〕
J.M. 库切 著
J.M. Coetzee

周嘉宁 译

人民文学出版社
PEOPLE'S LITERATURE PUBLISHING HOUSE

图书在版编目(CIP)数据

夏日／(南非) J. M. 库切著；周嘉宁译. -- 北京 : 人民文学出版社，2023
  (库切文集)
  ISBN 978-7-02-018224-4

Ⅰ. ①夏… Ⅱ. ①J… ②周… Ⅲ. ①自传体小说-南非共和国-现代 Ⅳ. ①I478.45

中国国家版本馆 CIP 数据核字 (2023) 第 174574 号

责任编辑　王　婧
装帧设计　刘　远
责任印制　张　娜

出版发行　人民文学出版社
社　　址　北京市朝内大街 166 号
邮政编码　100705

印　　刷　北京盛通印刷股份有限公司
经　　销　全国新华书店等

字　　数　154 千字
开　　本　850 毫米×1168 毫米　1/32
印　　张　8.375　插页 1
印　　数　1-5000
版　　次　2023 年 12 月北京第 1 版
印　　次　2023 年 12 月第 1 次印刷

书　　号　ISBN 978-7-02-018224-4
定　　价　88.00 元

如有印装质量问题,请与本社图书销售中心调换　电话:010-65233595

目　录

笔记：1972—1975 年

1972 年 8 月 22 日

昨天的《星期日泰晤士报》上，有一篇来自博茨瓦纳①弗朗西斯敦②的报道，上周某日半夜，一辆美国型号白色小汽车开到住宅区的一幢房子跟前。几个戴着头罩的男人跳下车来，踢开前门，开枪射击。射完以后放火烧了房子，驾车离去。邻居们从余烬中拖出七具烧焦的尸体：两个男人，三个女人，两个孩子。

行凶者看起来是黑人，但是一位邻居听到他们彼此之间说南非语③，认为他们是装扮成黑人的白人。死者是南

---

① 博茨瓦纳（Botswana），位于非洲南部的内陆国家，南邻南非。
② 弗朗西斯敦（Francistown），位于博茨瓦纳东部，邻近津巴布韦边境，是博茨瓦纳的旧首都。
③ 南非语（Afrikaans），也称南非荷兰语，起源于十七世纪的荷兰方言，是欧洲移民在南非殖民统治所造就的文化产物，是荷兰语混杂南非本地方言和口语所形成的新语言。随着南非语的形成，祖先来自荷兰的南非白人不再称自己为荷兰人，而是阿非利卡人（Afrikaner）。目前在南非有七百万人使用该语言，是南非第三大语言。

非人,是几周前刚刚住进这幢房子的难民。

南非外交部长通过发言人做出回应,称这篇报道"未经证实"。他说会展开调查来证实死者是否真的是南非公民。至于军方,一位没有透露姓名的消息人士否认了南非国防军与本次事件有任何关联。他提出,凶杀很有可能是非国大①的内部矛盾引起的,反映了派别之间的"日趋紧张的局势"。

于是消息一周接着一周从边境传来,凶杀之后便是政府泰然自若的否认。他阅读这些报道,感觉被玷污。他回到了这样的地方!然而这个世界上哪里有藏身之处能让人感觉不被玷污?他要是在瑞典的冰天雪地里远远地观察他的同胞和他们最近的胡闹,会不会感觉更干净?

如何远离污秽:这不是一个新问题。这个古老的恶心的问题暴露着醒龊的化脓的伤口,得不到答案。

"我看国防军又在玩老花招,"他对父亲说,"这次是在博茨瓦纳。"但是他父亲非常警惕,没有接茬。父亲拿起报纸时,有意地直接翻到了体育版,避开了政治版面——政治和凶杀报道。

父亲对于北方大陆只感到鄙夷。他用"小丑"这个词语来表达对非洲国家领导人的不屑:那些卑微的独裁者几

---

① 非国大,即南非非洲人国民大会(African National Congress,简称 ANC),现为南非执政党,是南非最大的黑人民族主义政党。非国大 1912 年成立于布隆方丹,政党目标是为南非黑人争取政治、经济利益。1948 年国民党政府在南非实行种族隔离制度,非国大成为反对种族隔离制度的先锋。拒绝与白人政府接触,坚持种族斗争,直至 1992 年废止种族隔离制度。1994 年,南非举行首次不分种族的平等民族选举,非国大取得执政权。

乎拼不出自己的名字，坐着劳斯莱斯从一个宴会赶赴下一个宴会，穿着鲁里坦尼亚王国①制服，装饰着他们授予自己的勋章。非洲：一片被杀人小丑统治着的饥荒之地。

"他们闯进弗朗西斯敦的一幢房子，杀了所有人，"他仍然对着父亲说，"处决了他们，包括孩子。看啊，读读报道，就在头版。"

他父亲耸耸肩。父亲找不到任何词语足以概括自己厌恶的情绪，一方面，他厌恶屠杀手无寸铁的妇女儿童的暴徒，另一方面，厌恶在边境之外的安全区发动战争的恐怖分子。他父亲解决问题的方法是让自己沉浸在板球比分里。面对道德困境做出如此回应未免太软弱了，而他自己呢——愤怒和绝望的情绪发作难道就更好？

他曾经认为那些梦想南非版本公共秩序的人，那些把庞大的劳力储备系统，内部护照②和卫星镇付诸实施的人，他们的认识是基于对历史的悲剧性的误读。他们误读历史是因为他们出生在农村或者内陆小镇，被隔绝在一种世界其他地方都不说的语言里，他们根本没有察觉到1945年以来横扫旧殖民世界的力量。然而要说他们误读了历史，这种说法本身也是错误的，因为他们根本不读历史。相反，他们无视历史，认为历史不过是外国人拼凑的诋毁之词，外国人对阿

①　鲁里坦尼亚王国(Ruritanian)，浪漫国，源自于安东尼·霍普(Anthony Hope)所著小说《曾达的囚徒》(*Prisoner of Zenda*，1894)中虚构的一个中欧国家名。

②　内部护照(internal passport)，南非自1952年至1986年实行内部护照法，是种族隔离制度的组成部分。按照当时的《通行证法》，非白人的公民只有持有护照才能进入指定的区域。

非利卡人不屑一顾,即便他们被黑人屠杀到连女人孩子都不剩,也不予理会。他们没有朋友,孤独地置身于一片不友好的大陆的偏远一隅,他们建立自己的堡垒,退居墙后:他们在那里保护西方基督教文明的火焰不灭,直到世界最终觉醒。

这差不多就是他们的说话方式,那些操控国民党①和安全事务的人,长时间来他都认为他们说的是肺腑之言。但他不再这么想了。他现在认为,他们所谓的拯救文明只不过是虚张声势。他们此刻正躲在爱国主义的烟幕背后,算计这番景象还能撑多久(那些矿和工厂),然后他们就要卷铺盖走人,销毁所有犯罪证据,飞往苏黎世或者摩纳哥或者圣地亚哥,几年前他们在那些地方购置了别墅和公寓,以名为阿格罗贸易或者快手安保这样的公司作为幌子,预防清算日(震怒之日②)的到来。

根据他新的修正以后的思考方式,指派杀手小分队去弗朗西斯敦的人对历史没有错误的认识,更谈不上是悲剧性的。甚至,他们很有可能暗暗嘲笑那些有所认识的愚蠢百姓。至于非洲基督教文明的命运,他们从未在意过。而这些——这些!——他就生存在这些人的脏手底下!

有待扩展:他的父亲对于时代的反应和他自己的比较;他们的差异,他们的(最重要的)相似处。

---

① 国民党(National Party),成立于 1914 年,南非阿非利卡人政党。1948 年作为执政党,开始了长期的种族隔离政策。
② 原文为"dies irae, dies illa",出自于中世纪一首关于审判日的拉丁文赞美诗。

他和父亲一起住的房子建造于二十世纪二十年代。墙的一部分是用烧制的砖块砌的,但主要还是用的泥坯,如今被从地底渗透上来的湿气腐蚀,已经开始朽坏。要让墙壁不受潮是不可能的;最好的办法是在房子四周围上防水混凝土挡板,希望墙壁会慢慢变干。

他从一本居家改建指南上了解到,每一立方米混凝土,需要三袋沙子,五袋石子,一袋水泥。如果他要在房子周围砌十厘米深的挡板,他需要三十袋沙子,五十袋石子和十袋水泥,这就需要往建筑工地跑六次,一吨的卡车要装六车。

第一天工作到一半,他发现自己犯了严重错误,要么是他误读了指南,要么就是他在计算中混淆了立方米与平方米。要铺九十六平方米的混凝土需要远远不止十袋水泥,外加沙子和石子。去建筑工地跑六次远远不够;他不得不放弃的将不只是生命中的几个周末而已。

一个星期接着一个星期,他用铲子和手推车将沙子、石子、水泥和水搅拌在一起;他一块一块地浇筑混凝土,然后抹平。他的背痛,胳膊和手腕都僵住了,几乎握不住笔。劳动令他厌倦。而他没有感觉不快。他在做的事情正是像他这样的人自 1652 年①起就应该做的,也就是干他自己的脏

---

① 1652 年荷兰东印度公司建立了开普殖民地,作为荷兰东印度公司的船只往返荷兰与巴达维亚之间的中继站和补给点,是荷兰对南非殖民时期的开始。

活。事实上,他一旦忘记正在消耗的时间,劳动就呈现出本身的快乐。砌得平平整整的挡板大家确实有目共睹。他砌的挡板留存的时间将比房子的租期长,甚至可能会比他活在这个世界上的时间长;这样一来,他从某种意义上骗过了死亡。一个人可以将余生都用来铺砌挡板,每天晚上带着辛勤劳作的酸痛,筋疲力尽,坠入沉沉梦乡。

马路上和他擦肩而过的衣衫褴褛的工人里,有多少个隐姓埋名的作者,他们的作品会比他们活得更长:那些道路、墙壁、电缆塔?某种方式的永生,有限的永生,并非难以获得。那他为什么还要坚持在纸上留下记号呢,还怀有微弱的希望,希望那些尚未出生的人以后会愿意费力解读吗?

有待扩展:他乐意投身于不成熟的计划;他欣然从创造性的工作中抽身,隐退到无须动脑的劳作中。

1973 年 4 月 16 日

同样还是在《星期日泰晤士报》上,在乡镇学校教师与女学生之间热烈的爱情故事,崭露头角的女明星噘着嘴穿着迷你比基尼的照片,以及揭露安保部队暴行的文章中间,有一则消息报道内务部长签发了布雷滕·布雷滕巴赫①的

① 布雷滕·布雷滕巴赫(Breyten Breytenbach,1939—),南非作家、画家,以反对种族隔离制度而闻名。1960 年初离开南非前往法国巴黎,与越南血统的法国女子结婚,违反了阿非利卡人不得与不同种族的人发生性关系的法律,因此不被允许回国。

签证,允许他回到出生地探访患病的父母。这被称为同情签证,对布雷滕巴赫和他的妻子都有效。

多年前布雷滕巴赫离开南非,定居巴黎,之后不久娶了一个越南裔女子,也就是说他娶了一个非白种人,一个亚裔,因此陷入窘境。他不仅娶了她,如果你愿意相信他诗歌中描绘的就是她,那么他还疯狂地爱着她。《星期日泰晤士报》称,即使如此,富有同情心的部长准许这对夫妇在南非逗留三十天,在这期间布雷滕巴赫太太将享受白人待遇,作为临时白人,荣誉白人。

布雷滕和尤兰达从到达南非起,就被媒体尾随。布雷滕黝黑英俊,尤兰达精致美丽。变焦镜头捕捉了他们每一个和朋友们野餐或者在山溪间蹚水的亲密时刻。

布雷滕巴赫夫妇在开普敦的一个文学会议上公开露面。大厅里挤满了目瞪口呆的人。布雷滕在发言中将阿非利卡人称为私生子。他说正是因为他们是私生子,而且为自己的身份感到羞耻,所以才策划了强迫种族隔离的乌托邦计划。

他的发言博得满堂喝彩。不久之后他和尤兰达飞回巴黎。星期日的新闻又回到了捣蛋少女、出轨夫妇和政府谋杀的套路。

有待深入:(男性)对布雷滕巴赫的嫉妒,嫉妒他能自由地环游世界,无限度地享有美丽的具有异国风情的性伴侣。

1973 年 9 月 2 日

昨晚在梅曾贝赫①的帝国影院,上映了黑泽明早期的电影《生之欲》。一个老派的官员获知自己得了癌症,只能再活几个月。他蒙了,不知该怎么办,该去哪里。

他带着自己的秘书外出喝茶,那是一个活泼却无脑的年轻女人。她正要离开时,他拉住她,拽紧她的胳膊。"我想像你一样!"他说,"但是我不知道该怎么办!"她被这种赤裸裸的哀求惹恼了。

问题:如果他的父亲像这样拽住他的胳膊,他会做何反应?

1973 年 9 月 13 日

他接到职业介绍机构的电话,他曾在那里留过自己的详细资料。有一位客户寻求语言方面的专业咨询,按小时付费——问他有没有兴趣。他问是哪种性质的语言问题,那个机构也回答不上。

他拨了他们给他的电话号码,和客户约定去海角②的一个地址。他的客户是一个六十来岁的遗孀,她离世的丈

---

① 梅曾贝赫(Muizenberg),南非开普敦的海滨郊区。
② 海角(Sea Point),是开普敦最富有且人口最密集的海滨郊区之一。

夫将大笔数目可观的遗产留在自己兄弟控制的信托基金里。遗孀感到愤怒，决意质疑这份遗嘱。但是她咨询过的所有律师都不建议她这么做。他们说这份遗嘱无懈可击。然而她不愿放弃。她坚信律师们误读了遗嘱的措辞。她因而不再找律师，而开始寻求专业的语言学方面的帮助。

他喝着手边的茶，仔细阅读了死者最后的遗嘱。内容非常清楚。海角的房子和一笔钱留给遗孀。剩下的遗产归入信托基金，受益人是他前一段婚姻的孩子。

"我恐怕帮不了你，"他说，"这份遗嘱的措辞很清晰。只有一种解读方式。"

"这里呢？"她说。她俯在他的肩膀上，伸出一根手指指着文件。她的手很小，皮肤上有斑点；中指戴着奢华的钻石戒指。"这里写着，尽管如上所述（Notwithstanding）①。"

"意思是说，如果你能证明自己经济情况困难，可以申请信托基金的帮助。"

"尽管是什么意思？"

"意思是说这条条款的内容是之前其他条款的例外补充，并且具有优先权。"

"但同样也意味着信托基金不能违抗我的要求是吗？如果违抗（withstand）在这里不是这个意思的话，是什么意思呢？"

"违抗在这里是什么意思不重要。重要的是尽管如上

① Notwithstanding 的意思是尽管，但这位客户在后文中有意把这个词语拆解成 not 和 withstand 两部分来理解。而 withstand 有违抗、反对的意思。所以她把 not withstand 理解为不能违抗。

所述是什么意思,你要把这个词语当成整体来理解。"

她不耐烦地哼了一声。"我付钱雇的是英语专家,不是律师,"她说,"这份遗嘱是用英语写的,用英语词语写的。这些词语是什么意思?尽管是什么意思?"

疯女人,他心想。我该如何摆脱她?但是她当然没有真疯,她只是身陷愤怒和贪婪:对摆脱了她控制的丈夫感到愤怒,贪图他的钱财。

"我是这样理解这条条款的,"她说,"如果我提出要求,没有人能违抗,包括我丈夫的弟弟。因为不能违抗就是这个意思:他不能违抗我。否则干吗要用这个词语呢?你明白我的意思了吗?"

"我明白了。"他说。

他离开那幢房子的时候口袋里多了一张十兰特的支票。只要他递交他的专业报告,并出具监督官证明他是英语词义方面专业评注者的文件,包括对尽管这个词语的解析,他就能得到剩下的三十兰特费用。

他没有递交报告。他放弃了没有给他的钱。当遗孀打电话来询问事情进展时,他沉默地挂了电话。

从这件事能体现他的性格特征:(a)正直(他拒绝按照雇主的意愿去理解那份遗嘱);(b)天真(他急需钱,却错失赚钱良机)。

1975 年 5 月 31 日

南非并没有正式处于战争状态,但也差不多了。随着抵抗运动势力增长,法律规范一步步失去作用。警察和管理警察的人(就如同牵着几群狗的猎人们)如今多少有些不受管束。电台和电视台打着新闻的幌子转播官方的谎言。然而整场可悲的残忍的表演都笼罩着陈腐气息。旧势力的号召——捍卫白人基督教文明! 向先辈的牺牲致敬! ——已经失去全部影响力。每个人都知道,对抗的双方进入了收尾阶段。

然而随着局势慢慢平稳,人们的生命仍然被消耗着——被消耗,被排泄。正如有几代人的命运是被战争摧毁,那么看起来,如今这代人的命运是被政治碾压。

要是耶稣屈尊来玩政治,他或许已经成为罗马帝国犹太行省的关键人物,成为重要领袖。正是因为他对政治漠不关心,并且将他的漠不关心表露无遗,他被除掉了。如何脱离政治去活,又如何脱离政治去死:这是他为他的追随者树立的榜样。

他奇怪地发现自己把耶稣当作向导。但是又能去哪里找到更好的呢?

注意:避免深入探讨他和耶稣的关系,不能写成寻找真理的故事。

1975 年 6 月 2 日

街对面的房子有了新主人，是一对和他差不多年纪的夫妇，他们有年幼的小孩和一辆宝马轿车。他没有留意他们，直到有一天响起敲门声。"你好啊，我是戴维·特拉斯科特，你的新邻居。我把自己锁在门外了，能不能借用一下你家电话？"接着又想起什么似的说，"我们是不是认识？"

他们认出了彼此，他们确实认识。1952 年他和戴维·特拉斯科特是圣约瑟夫学校六年级的同班同学。他们本应同时升入高中①，但是戴维没能通过六年级考试，不得不留级。不难知道他为什么通不过。六年级开始学习代数，戴维无法掌握代数的第一要点，那就是 xyz 是为了将人们从算术的枯燥中解放出来。戴维学习拉丁文也有同样的问题，他掌握不了诀窍——比如说虚拟语气。即便当时他们年纪都那么小，他似乎就已经很清楚，戴维离开学校会更好，远离拉丁文和代数，进入真实的世界，去银行里清点钞票或者去卖鞋。

尽管常常因为学习不好而挨打——他泰然自若地挨打，即使时不时眼泪汪汪——戴维·特拉斯科特把学业坚持了下来，这背后无疑有他父母的逼迫。他想方设法读完了六年级，然后是七年级，直到十年级；二十年以后，现在他站在跟前，看起来利落、开朗、成功，全心全意扑在事业上，

_____

① 南非的基础教育体系中，一至六年级为初中，七至九年级为高中。

12

以至于早上出门去办公室时忘记了家里的钥匙——他的妻子带孩子们去参加聚会了——所以他进不了家。

"你现在做哪行?"他问戴维,不只是好奇。

"市场营销。我在沃尔沃斯集团公司。你呢?"

"哦,我正在过渡阶段。我之前在美国的大学教书,现在回到这里找工作。"

"嗯,我们得聚聚。你一定要过来喝一杯,叙叙旧。你有孩子吗?"

"我自己还是孩子。我的意思是,我和我父亲一起住。我父亲上了年纪。需要人照顾。你先进来啊,电话在那里。"

所以弄不明白 x 和 y 的戴维·特拉斯科特成了一个成功的市场营销人员或者销售商,而他自己,虽然能毫不费劲地弄明白 x 和 y 以及其他更多东西,却是一个无业的知识分子。有关世界的运转方式,这说明了什么?最显而易见的是,拉丁文和代数的道路并不会通往物质的成功。但或许还说明了更多:理解事物是浪费时间;如果你想在这个世界获得成功,拥有一个快乐的家庭、一幢不错的房子、一辆宝马轿车,你就得试着不去理解事物,而只是累加数字,摆弄按钮,或者做其他任何给市场营销人员带来丰厚回报的事情。

结果他和戴维·特拉斯科特并没像说好的那样喝一杯,叙叙旧。如果晚上他在花园里耙树叶,碰巧赶上戴维·特拉斯科特下班回家,他俩会隔着马路像邻居那样挥挥手或者点点头,但也就那样了。他见到特拉斯科特太太的次数更多,她是一个苍白矮小的女人,永远在催促孩子们进出他们家的另一辆车;但是他没有被介绍给她,所以也没有机会和她讲话。东海路是一条繁忙的大街,对孩子来说不安全。特拉斯科特一家没有什么理由过马路到他这边来,他也一样。

1975 年 6 月 3 日

从他和特拉斯科特一家住的地方往南走一公里左右,就来到波尔斯莫①。波尔斯莫——没人费事叫那里波尔斯莫监狱——是一个监禁之处,四周有高墙、铁丝网和瞭望塔。很久以前,监狱孤零零地耸立在满是沙砾灌木的荒芜地带。然而这些年来,郊区的开发缓缓靠拢过来,起初还犹豫不决,渐渐便越来越大胆,直到现在,监狱被一排排整洁的房屋包围,正直的公民每天早晨从那里出门,去履行自己在国民经济中的职责,波尔斯莫反而成了这片地带的异常事物。

南非古拉格②竟如此可憎地耸立于白人居民区,他和特拉斯科特一家呼吸着的空气也同样穿过恶棍和罪犯的肺,这肯定是一种讽刺。但是正如齐别根纽·赫伯特③所

---

① 波尔斯莫监狱(Pollsmoor Prison),南非最高安全级别的监狱,位于开普敦郊区。

② 古拉格(Gulag)是苏联负责管理全国劳改营的机构。亚里山大·索尔仁尼琴的著作《古拉格群岛》传到西方以后,"古拉格"这个词语也用来指代苏联的劳改营和所有政治迫害。

③ 齐别根纽·赫伯特(Zbigniew Herbert,1924—1998),波兰诗人、散文家、剧作家。

14

指出的,对于野蛮人来说,具有讽刺意味的事情和盐一样:你用牙齿嚼碎,享受片刻滋味,滋味消失时,残酷的事实依然摆在跟前。那么:一旦讽刺的意味消耗殆尽,人们该如何面对波尔斯莫残酷的事实呢?

附录:监狱囚车从法庭驶出,经过东海路;一张张闪过的脸,握住窗栅的手指;特拉斯科特夫妇会编出什么故事来向孩子们解释那些手和脸呢,有的人目空一切,有的人心灰意冷。

朱 莉 亚

弗兰克医生,你已经读过我寄给你的约翰·库切1972—1975 年的笔记,那段时间你多多少少和他关系不错。我不知道你对笔记里记载的内容有什么看法,能否从这里开始你的讲述。你能从笔记里认出你所了解的那个人吗? 你能认出他描述的国家和时代吗?

是的,我记得南非。我记得东海路,我记得装满犯人的囚车开往波尔斯莫。我全都记得清清楚楚。

纳尔逊·曼德拉①肯定被囚禁在波尔斯莫。库切没有提起曼德拉是他的近邻,你感到吃惊吗?

曼德拉是后来才被转移到波尔斯莫的。1975 年他还在罗本岛②。

---

① 纳尔逊·曼德拉(Nelson Mandela,1918—2013),南非著名的反种族隔离革命家、政治家,1994 年至 1999 年期间任南非总统,是第一个由全民代议制民主选举选出的南非元首。

② 罗本岛(Robben Island),距离南非首都开普敦十一公里,是位于南大西洋上的小岛。1960 年以后成为南非当局关押政治犯的监狱,先后关押过三千多名黑人运动领袖和积极分子。1964 年 6 月,曼德拉被当时南非白人政府判处终身监禁,开始在罗本岛服刑,直到 1982 年才被转移到波尔斯莫监狱。

确实，是我记错了。那么库切和他父亲的关系怎么样？他母亲去世以后，他和父亲一起住了一段时间。你见过他父亲吗？

见过几次。

他身上有他父亲的影子吗？

你是说，约翰和他父亲像吗？外形上来说不像。他父亲更瘦小：一个匀称的小个子男人，有自己的风格，但绝对不算英俊。他偷偷喝酒，抽烟，不怎么照顾自己，而约翰则滴酒不沾。

其他方面呢？他们在其他方面像吗？

他们都是独来独往的人。不善社交。宽泛说来，就是性格压抑。

你是怎么认识约翰·库切的？

我稍后告诉你。但是首先，你发给我的他的日记里面，有些地方我不太明白。那些斜体写的段落——有待扩展之类的——是谁写的？是你吗？

不是。是库切自己写的。是他写给自己的备忘。写于1999年或者2000年，当时他在考虑要不要把日记修订成一本书。后来他放弃了这个念头。

我明白了。我说说我是怎么认识约翰的。最初是在超市里偶遇。那是1972年夏天，我们搬到开普敦之后不久。那段时间我在超市耗费大把时间，尽管我们的需求——我是说我和我的孩子的需求——相当简单。我购物是因为无聊，因为我得出门走走，但主要还是因为超市给予我平静，给予我快乐：这里通风，洁白，干净，有背景音乐，还有手推车轮子轻轻滚动的嘶嘶声。而且货架上什么都有——这样和那样的意大利面酱料，这样和那样的牙膏，等等等等，无穷无尽。我在这里感到平静。对我的心灵有好处。我认识的其他女人打网球或者练瑜伽。我则去购物。

二十世纪七十年代是种族隔离最巅峰的时期，因此超市里不太能见到有色人种，当然工作人员除外。也不太有男人。这是快乐的一部分。我不必摆样子。我能做我自己。

超市里不太能见到男人，但是在 Pick n Pay 连锁超市的东海店里，我会不时注意到一个男人。我注意到他，但是他没有注意到我，他过分专心购物。这一点我很赞许。从外表说来他不算是大部分人认为英俊的那种。他瘦瘦的，留着胡子，戴着牛角框眼镜，穿着凉鞋。他看上去格格不入，像是一只鸟，那种不能飞的鸟；或者像一个心不在焉的科学家，不小心跑到了实验室外面。他不修边幅，有种失败者的气息。我猜想他的生活里没有女人，结果证明我是对的。他明摆着需要的是有人来照顾他，那种戴着珠子，不刮腋毛也不化妆的老嬉皮，为他购物，做饭，打扫房间，或许还提供毒品给他。我没有凑近去看他的脚，但我打赌他没有修剪过脚指甲。

那时候要是男人打量我，我总能发现。我能感觉到四肢和胸口承受的压力，是男性目光带来的压力，有时含蓄，有时不那么含蓄。你不会明白我在说什么，但是任何一个女人都明白。而这个男人让我感觉不到压力。一点也没有。

有一天情况发生了变化。我正站在文具货架跟前。圣诞节快来了，我在选购包装纸——你知道的，那种上面带有快乐的圣诞装饰图案，印着蜡烛、杉树和驯鹿的纸。我不小心掉了一卷在地上，弯腰去捡的时候，又掉了第二卷。这时我听见身后有一个男人的声音说："我来吧。"正是你说的男人，约翰·库切。他捡起两卷纸，尺幅很长，大概有一米，然后在他递还给我的时候，我也不知道他是否出于有意，把纸卷顶向我的胸口。有那么一两秒的时间，他可以说是在用纸卷捅我的乳房。

这个举动当然极其无礼，但也不是太严重。我努力没有做出任何反应：我没有垂下眼睛，没有脸红，当然也没有笑。"谢谢。"我不动声色地说，然后转身去做自己的事。

然而这是一个涉及身体的举动，没法假装不是。只有时间能告诉我这件事情是否会在其他私人时刻中淡去和消失。但是那个亲密的、出人意料的触碰无法被轻易忽视。

事实上回家以后我甚至还特意撩起胸罩检查了自己的乳房。当然没有留下痕迹。只是一个乳房而已,年轻女人的纯洁的乳房。

几天以后,我开车回家的路上看见了他,捅捅先生,他正拿着购物袋费力地走在东海路上。我想都没想就停下来问他要不要搭车(你太年轻了或许不知道,当时我们会邀人搭顺风车)。

二十世纪七十年代的东海路一带可以说是一个崭新的欣欣向荣的郊区。尽管土地不便宜,却有很多楼房正在建造中。但是约翰住的房子是更早以前造的。当时东海路还是农田,那幢房子是从前给农场工人住的小屋。后来装了电和自来水,但是作为家来说还是相当简陋。我在前门放他下车,他没有邀请我进去。

时间流逝。有一天,我开车经过东海路上的那幢房子,看到了他。他站在一辆皮卡后面,往手推车里铲沙子。他穿着短裤,看着很白,不是特别强壮,但似乎挺能干。

这个场景的奇怪之处在于,当时白人男性很少干体力活,很少干没有技术含量的活。这种活通常被称为 Kaffir①活,是付钱叫别人干的。如果被人看见在铲沙而不感到羞耻的话,那肯定会让自己族人失望,你明白我的意思吧。

你要我说说当时的约翰是什么样的人,但是我无法脱离背景来描述,否则有些事情你理解不了。

①　Kaffir 是南非语中对黑人的歧视性称呼。

我理解,我是说,我同意你的观点。

正如我说的,我开车经过,没有减速,没有挥手。整个故事原本可能就此结束,全部联系也就此中断,那么你此刻就不会在这里听我讲话,而是在其他国家听其他女人喋喋不休。然而碰巧的是,我转念一想,掉转了车头。

"你好啊,你在做什么?"我大声说。

"你都看见了:铲沙啊。"他说。

"但这是要干吗?"

"我在施工。你想不想看看?"他从皮卡上爬下来。

"现在不行,"我说,"改天吧。这辆皮卡是你的吗?"

"是啊。"

"那你不需要步行去商店。你可以开车去嘛。"

"是啊,"他说,"你住在这里附近吗?"

"还挺远的,"我回答,"过了康斯坦蒂亚山①。在灌木林里。"

这是个玩笑,是当时南非白人之间流传的小玩笑。因为我当然不是真的住在灌木林里。只有黑人住在灌木林里,真正的灌木林里。他应该明白我的意思,我住在从开普半岛祖祖辈辈的灌木林开发出来的新住宅区里。

"好吧,我不耽误你时间了,"我说,"你在造什么?"

"我没有在造东西,只是在浇筑混凝土,"他说,"我还

---

① 康斯坦蒂亚山(Constantiaberg),一座鲸背山,属于南非开普敦桌山国家公园开普半岛山群的一部分。

没聪明到能造东西。"我把他的回答当作是一个小玩笑以回应我的玩笑。因为如果他既不富有也不英俊也不吸引人——他确实都不——那么,如果他还不聪明,就真的一无是处了。但是他肯定聪明,他看起来就很聪明,是那种一辈子俯在显微镜上的科学家的聪明:那种戴着牛角眼镜造成的,狭隘且短浅的聪明。你一定得要相信我说的,除了和他调调情,我根本没有丝毫其他想法。因为他完全不性感。就仿佛他从头到脚都喷了一种中和喷雾,一种中性喷雾。他肯定因为用圣诞包装纸卷捅了我的乳房而感觉愧疚:我没有忘记这件事,我的乳房保留了记忆。但我告诉自己,十有八九,那只是一次笨拙的过失,他笨手笨脚的。

那么我怎么会转念一想?我为什么掉头找他?这不是一个很好回答的问题。要说喜欢上一个人,我很长一段时间都不确定我是否喜欢约翰。约翰不是一个容易让人喜欢的人,他对待世界的整体态度过分警惕,过分防备。我估计在他小时候,他的母亲肯定护着他,爱着他,因为做母亲的都会这样。但很难想象还有其他人这么做。

你不介意我说话直白吧?我先说说背景情况。我当时二十六岁,只和两个男人发生过性关系。两个。第一个是个男孩,我遇见他的时候十五岁。我们交往了几年,直到他应召入伍,他和我的关系像双胞胎一样紧密。他离开以后,我闷闷不乐了一段时间,独自一人,后来才找了一个新男友。我整个学生时期都和这个新男友保持着像双胞胎一样的亲密关系,我们一毕业就在双方家庭的祝福下结婚了。我每次恋爱都是要么拥有一切,要么一无所有。我的天性如此:要么拥有一切,要么一无所有。所以直到二十六岁,我在很多方面都没有经验。比方说我完全不懂如何勾引男人。

不要误解我。我并没有过着与世隔绝的生活。在我和我丈夫活动的圈子里,与世隔绝的生活不太可能。不止一次在鸡尾酒派对上,会有男人,通常是我丈夫生意上的熟人,巧妙地把我带到墙角,靠过来,压低声音问马克常常不在家,我在郊区是否寂寞,问我是否愿意下周某一天共进午餐。我当然不奉陪,但是我猜想婚外情就是这样开始的。一个陌生男人带你去吃午饭,吃完以后开车带你去某个朋友的海滨别墅,而他正好有那里的钥匙,或者去城里的酒店,在那里发生性关系。接着第二天,男人会打电话来说他和你在一起多么开心,能不能下周二再见?于是事情继续发展,周二接着周二,谨慎的午饭,床上的插曲,直到有一天他不再来电话或者你不再接电话;以上全部总和被称为是婚外情。

在生意圈里——我稍后再说我丈夫和他的生意——男人承受着一种压力——至少在当时是这样的——他们要有体面的妻子,也就是说他们的妻子要举止得体,既要得体,又要在一定限度内,态度随和。这就是为什么我将他同事对我示好的事情告诉我丈夫以后,他虽感不快,却继续和他们保持友好的关系。没有表现出愤怒,没有挥拳相向,也没有找人凌晨决斗,只是时不时地在家里生生闷气,发发脾气。

我回想起来,在那个封闭狭小的圈子里,有关谁和谁搞在一起的问题比任何人愿意承认的都更黑暗,更黑暗也更险恶。自己的妻子被其他人觊觎,男人们既乐意又不乐意。他们受到威胁,却也感到兴奋。至于女人,那些妻子们也很兴奋:我除非瞎了才看不到。到处兴致勃勃,充满淫欲。我有意识地将自己隔绝于这种气氛之外。在我提到的那种派对上,我按照要求举止得体,态度却向来不随和。

结果我无法和那些妻子成为朋友,她们因此交头接耳,认定我这个人既冷漠又傲慢。更过分的是,她们还要确保我已经知道了她们对我的评价。至于我,我倒是想说我根本不在乎,但事实不是如此,我太年轻了,还没有那么自信。

马克不希望我和其他男人睡。同时他希望别的男人知道他娶了什么样的女人,并且嫉妒他。我估计他的朋友和同事多半也这样想:他们想要其他男人的妻子委身于他们的挑逗,又想要自己的妻子保持忠贞——忠贞且迷人。逻辑上根本说不通。这样的微型社交机制无法维持运转。然而他们是生意人,法国人称之为经验丰富、狡猾、聪明的人(另外一种意义上的聪明),他们了解那套机制,知道什么样的机制行得通,什么样的行不通。这就是为什么我说,他们全都参与其中的这个合法的不正当机制比他们愿意承认的更为黑暗。在我看来,他们只有承受巨大精神损失,并且拒绝承认某种程度上已经心知肚明的事实,这套机制才能持续下去。

我和马克刚结婚的时候,彼此坚信没有任何东西可以动摇我们,我们约定互相之间没有秘密。就我而言,我现在和你谈起的那段时间里,我依然遵守约定。我没有对马克隐瞒任何事情，因为我没什么可以隐瞒的。至于马克，他曾经出轨。他出轨了，也承认了自己的行为，其后果让他动摇。在那次震动之后，他私下得出结论，撒谎比告知真相更容易。

马克受雇于金融服务业。他的公司为客户确认投资时机，替他们操作投资项目。客户主要是富有的南非人，想要在国家内乱（他们使用的说法）或者崩塌（我更倾向的说法）之前将钱转移出去。出于我始终不清楚的理由——因为即便是在当时，也已经有电话了——他的工作却要求他每周都要飞去德班①分部开所谓的咨询会。如果把他出差的小时和天数累加起来就会发现，他在德班度过的时间和在家里一样多。

和马克一起在德班办公室做咨询的有一个叫伊维特的女同事。她比他年长，阿非利卡人，离异。一开始他常常说起她。她甚至往家里打电话找他，他说是工作的事情。后来他就完全不再提起伊维特了。"你和伊维特有什么问题吗？"我问马克。"没有。"他说。"你觉得她吸引人吗？""一般。"

从他躲躲闪闪的态度我知道有麻烦了。我开始注意到反常的细节：莫名其妙收不到消息，错过班机，诸如此类的事情。

有一天，他消失很久回到家。我当面和他对质。"我昨晚打电话到你酒店找不到你，"我说，"你是和伊维特在

---

① 德班（Durban），位于南非东海岸的港口城市，是南非第三大城市。

一起吗?"

"是的。"他说。

"你和她睡了吗?"

"是的。"他回答(我很抱歉,但是我不能撒谎)。

"为什么?"

他耸耸肩。

"为什么?"我又问了一次。

"不为什么。"他说。

"你这个浑蛋。"我说着,不再理他,把自己锁在卫生间里,我没有哭——脑子里没有太多想哭的念头——恰恰相反,我一心只想报复,我挤了整整一管牙膏和整整一瓶美发摩丝在洗脸池里,放了热水,用梳子搅拌,然后冲走。

这是背景情况。那件事情之后,在他的坦白没有赢得他预期的赞许之后,他开始撒谎。"你还见伊维特吗?"我在他又一次出差回来以后问他。

"我不能不见伊维特,我也没办法,我们在一起工作。"他回答。

"但是你用那种方式见她吗?"

"你说的那种方式已经结束了,"他说,"只发生过一次。"

"一次还是两次。"我说。

"一次。"他重复,巩固了这个谎言。

"事实上,这也没什么。"我说。

"是啊。这也没什么。"随即马克和我不再说话,那一晚我们之间不再有语言和其他任何沟通。

马克每次撒谎时都会确保自己直视着我的眼睛。对朱莉亚说实话：他肯定是这么想的。正是从他平静的表情中，我能看得出来——百分之百——他在说谎。你绝不会相信马克多么不善于说谎——男人总体上多么不善于撒谎。很遗憾我没什么值得说谎的事情，我想。我本应该也技术性地露一手给马克看看。

按年龄来说，马克比我年长，但我不这么看。在我看来，我是我们家最年长的，接着是马克，他差不多十三岁，再接下来是我们的女儿克里斯蒂娜，她下次过生日的时候两岁。在成熟度方面，马克更接近孩子，而不是我。

至于捅捅先生，推推先生，从卡车后面铲沙的那个男人——说回到他——我不知道他多大年纪。据我所知，他没准又是一个十三岁的人。或者说来奇怪，他竟然可能是个成年人。我得等以后才知道。

"我少算了六倍的数字，"他说（也有可能是十六倍，我没听清），"不是一吨沙子，而是六（或者十六）吨。不是一吨半石子，而是十吨石子。我肯定是错乱了。"

"错乱了。"我说，拖延时间搞明白他在说什么。

"我竟然犯了这样的错误。"

"我也总是搞不清数字。我会把小数点放错地方。"

"是啊，但是六倍可不像是放错小数点。除非你是苏美尔人①。不管怎么说，回答你的问题吧，这件事我可能永

---

① 苏美尔人（Sumerian）是两河流域早期定居民族，发明了人类最早的象形文字——楔形文字。在数学上发明了六十进制。

远也干不完。"

什么问题？我问自己。什么事永远也干不完？

"我得走了，"我说，"我孩子还在等着吃午饭。"

"你有孩子？"

"是啊，我有一个孩子。怎么了？我是一个成年女性，有丈夫和孩子要喂养。有什么可吃惊的？否则我干吗要在Pick n Pay里花那么多时间？"

"因为那里的音乐？"他说。

"你呢？你没有家庭吗？"

"我有一个父亲，和我住在一起。或者说是我和他住在一起。但是没有传统意义上的家庭。我的家庭散了。"

"没有妻子？没有孩子？"

"没有妻子，没有孩子。我正在做回一个儿子。"

人类交流的时候说出来的话有时候和脑子里穿梭的思绪毫无关联，我对这种情况颇感兴趣。比如他和我交谈时，我记忆里出现的画面是一个令人相当反感的陌生人，从他的耳洞和衬衫第一颗纽扣里都露出浓密的黑色毛发，在最近一次的烤肉派对上，我正在给自己盛沙拉时，他漫不经心地把一只手放在我的屁股上：没有抚摸我或者捏我，只是用他的大手包住我的屁股。如果我脑海里是这样的画面，我眼前这个毛发并不旺盛的男人脑海里出现的是什么场景？而多么幸运的是，大部分人，甚至是那些不善于直接说谎的人，至少有能力掩饰，不会因为声音里最细微的颤抖或者瞳孔的扩张而暴露了内心。

"那么再见了。"我说。

"再见。"他说。

我回到家,付钱给帮工,喂克里斯①吃了午饭,哄她午睡。然后我烤了两板巧克力饼干。我开车回到东海路上那座房子时,饼干还是热的。风和日丽。你的男人(记着,当时我还不知道他的名字)正在院子里用木料、锤子和钉子捣鼓什么东西。他裸着上半身,肩膀被太阳晒得发红。

"你好啊,"我说,"你应该穿上衬衫,多晒太阳不好。给,这是给你和你父亲的饼干。比你在 Pick n Pay 买的要好。"

他放下工具,接过袋子,神情猜疑,事实上看起来还相当恼怒。"我不能邀请你进来,这里乱成一团。"他说,我显然不受欢迎。

"没事,"我说,"反正我也不能待着,我得回去照顾孩子。我只是尽一下邻里之情。你和你父亲要不要改天来我家吃顿饭?吃个便饭?"

他笑了,那是我第一次见到他微笑。不算迷人,嘴唇抿得太紧。他很在意自己形状不太好看的牙齿。"谢谢,"他说,"但是我得先问问我父亲。他晚上不能睡太晚。"

"告诉他不会很晚的,"我说,"你们可以吃完就走,我不会在意。就我们三个。我丈夫不在。"

你肯定在担心,文森特先生。我要干吗?你肯定在问自己。这个女人怎么能假装完全记得三四十年前如此平凡的对话?她什么时候才说要点?我就直言不讳地说吧。对话都是我一边说一边编的。我觉得这应该没问题,因为我

---

① 克里斯蒂娜的昵称。

们在谈论一个作家。我告诉你的或许不是每个字都对得上，但我向你保证，符合当时的情境。我能继续往下说吗？

（沉默。）

我把我的电话号码草草写在饼干盒上。"我也告诉你我的名字吧，"我说，"万一你想知道。我的名字叫朱莉亚。"

"朱莉亚。她的衣裙融化，流动着甜美芬芳。①"

"是吗。"我说。融化。他是什么意思？

第二天晚上他如约而来，但他父亲没来。"我父亲不太舒服，"他说，"他服了一片阿司匹林先睡了。"

我们在厨房餐桌上吃饭，我们两个人，克里斯坐在我腿上。"和叔叔打招呼。"我对克里斯说。但是克里斯不想和这个陌生人交流。孩子能感觉到有事情要发生。气氛不对。

事实上克里斯蒂娜从没喜欢过约翰，无论是当时还是后来。这个孩子相貌端正，有一双蓝眼睛，像她父亲，不像我。我给你看照片。我有时候会想，因为她和我长得不像，她永远也不会喜欢我。奇怪吧。是我在家里照顾一切，做全部家务，但和马克相比，我是侵入者，是恶人，是多余的人。

---

① "Julia, How sweetly flows the liquefaction of her clothes."语出自英国诗人罗伯特·赫里克（Robert Herrick, 1591—1674）的诗《朱莉亚的衣裳》（Upon Julia's Clothes）。

这个叔叔。我在她面前是这样称呼约翰的。后来我后悔了。把情人假装成家庭成员是很卑鄙的。

不管怎么说,我们吃饭,我们交谈,但是那种热情和兴奋开始离我而去,我平静下来。除了在超市发生的包装纸事件,那件事情我可能误解了也可能没有,都是我在主动示好,是我向他发出了邀请。够了,别再继续了,我对自己说,接下来要不要把扣子扣上就让他来决定吧。恕我直言。

说实在的,我不具有勾引人的天赋。我甚至不认同这个词语,以及这个词语所暗示的蕾丝内衣和法国香水。正是因为不想陷入勾引的角色我才没有特意打扮。我穿的和那天早上去超市时一样,白色棉上衣和绿色涤纶便裤(是的,涤纶)。所见即所得。

不要笑。我完全清楚我表现得多么像书里的角色——像是亨利·詹姆斯①小说里高尚的年轻女人,违背自己良好的本性,决意去做艰巨的时髦的事情。尤其是我周围的人,马克公司同事的妻子们,她们不会去亨利·詹姆斯或者乔治·艾略特②的书里寻求指导,而会去看《时尚》(*Vogue*)或者《嘉人》(*Marie Claire*)或者《窈窕淑女》(*Fair Lady*)。但是书籍如果不能改变我们的生活又有什么意义?如果你不相信书籍是重要的,那你还会大老远地跑来安大略听我说这些吗?

----

① 亨利·詹姆斯(Henry James,1843—1916),美国小说家,后加入英国籍。对二十世纪的现代派文学产生重要影响。

② 乔治·艾略特(George Eliot,1819—1880),英国小说家,维多利亚时代重要的作家之一。

是啊。那我就不会来了。

正是如此。约翰自己也不讲究穿着。一条不错的裤子,三件朴素的白衬衫,一双鞋子;他真正属于大萧条一代。但是让我说回我的故事。

那天晚上的晚餐我做了简单的千层面。豆子汤,千层面,冰淇淋:就这几道菜,足够清淡,适合两岁小孩。但是千层面做得有点马虎,因为我用白干酪取代了里科塔芝士。我本可以再跑一次超市买里科塔芝士,但是我遵循原则没有去,正如我遵循原则没有换外套。

我们晚饭时聊了什么?没聊什么。我专心喂克里斯吃饭——我不想让她感觉被忽视。而你肯定知道,约翰不是一个健谈的人。

我不知道。我从没见过他。

你从没见过他?出乎我意料。

我从没找过他。我甚至从没联络过他。我觉得如果我对他不负有义务会更好。可以自由自在地写自己想写的东西。

但是你找到了我。你的书是关于他的,你却选择不见他。你的书不是关于我的,你却来找我。对此你做何解释呢？

因为你是他生命中的一个人物，你对他来说很重要。

你怎么知道？

我只是在复述他说过的话。不是对我说的，但是他对很多人说过。

他说我是他生命中的重要人物？我真是太吃惊了。我感到欣慰。欣慰的不是他本该这样想——我同意，我对他产生过影响——我欣慰他确实应该这样对别人提起我。

坦白说，你一开始联络我的时候，我差点打算拒绝，不想和你聊。我以为你是那种好事之徒，那种学术新闻特派员，偶尔弄到约翰的女人、他的战利品的名单，然后顺着名单挨个勾掉名字，希望能挖到一些他的丑闻。

你对学术研究者的评价不高。

不是，我没这个意思。所以我试图向你澄清我不是他的战利品。要这么说的话，他应该是我的战利品。但是请告诉我——我很好奇——他对谁说我很重要。

对各种人。他写在信里。他没有提你的名字，但是你很容易辨别。还有，他保存了一张你的照片。我无意间在他的文件里找到的。

照片！我能看看吗？你带着吗？

我会复印一张寄给你。

是啊，我对他来说当然很重要。他爱我，以他的方式。但是作为重要的人，有重要的方式，也有不重要的方式，我怀疑我的重要性是否达到那种重要程度。我是说他从没写过我。我从没出现在他的书里。在我看来，这意味着我对他的影响没那么大，从没被好好描绘过。

（沉默。）

你不说点什么？你读过他的书。你在书里能找到我的踪迹吗？

我回答不了。我还不够了解你。你没有在他的任何一个人物里找到自己的影子吗？

没有。

或许你在他的书里以更散漫的方式存在着，无法立刻察觉。

或许吧。我只好信了。我们继续吧。我说到哪里了？

晚饭。千层面。

是的，千层面。战利品。我给他吃千层面，然后我征服了他。我需要说得多清楚？既然他已经去世了，我再如何口无遮拦对他来说都没有区别。我们用了我和丈夫的床，我想既然要亵渎婚姻，就做得彻底些。而且床比沙发或者地板要舒服很多。

至于这次经历本身——我是指出轨的经历，对我来说这就是出轨——比我预期的更奇怪，我还没有来得及习惯这种奇怪感觉，就已经结束了。但是很刺激，毫无疑问从头到尾都很刺激。我的心脏咚咚直跳。我永远不会忘记这种感觉。我提到亨利·詹姆斯。詹姆斯写过很多背叛的故事，但我不记得他描述过在这个过程中的刺激感受，以及剧烈的自我觉知——我是说在背叛的过程中。詹姆斯喜欢把自己表现为伟大的背叛者，但是我问自己：他真的经历过吗，真的经历过身体的出轨吗？

我的第一印象？我发现我的新情人比我丈夫更瘦，也更轻。我记得当时心想，他是不是吃不饱。他和他父亲一起住在东海路那幢简陋的小房子里，鳏夫和他独身的儿子，两个无能之辈，两个生活的失败者，靠香肠、饼干和茶过日子。既然他不想带着父亲来见我，那我是不是应该带一些营养品去拜访他们？

他停留在我脑海中的形象是他闭着眼睛俯在我身上，

抚摸我的身体,专心致志地皱着眉头,仿佛想要仅仅通过触碰而记住我。他的手上下游走,反反复复。我当时很满意自己的身材。我慢跑,跳健美操,节食:如果为一个男人脱下衣服的时候还得不到回报,那更待何时?我或许不是一个美人,但至少我摸上去很好:苗条可人,拥有诱人的女性躯体。

如果你觉得这个话题有点尴尬,尽管告诉我,我就不说下去了。我从事的是私密关系方面的专业,所以开诚布公地讲话对我来说没什么,只要你没问题就行。没问题?那我继续了?

那是我们第一次在一起。有意思,是一次有意思的经历,却没有惊天动地。但我也从没期望过和他在一起会有惊天动地的感受。

我下定决心要避免的是情感纠葛。一段风流韵事没什么,但动心了就会成问题。

我对自己相当有把握。我不会对一个我近乎一无所知的男人交心。但他怎么想呢?他会不会是那种人,对我们之间发生的事情思虑过多,想要建立更进一步的关系?我告诉自己,保持警惕。

然而日子一天天过去,他音讯全无。每次开车经过东海路那幢房子,我都减速张望,但一次都没见过他。他也没有出现在超市。我只能得出一个结论,他在躲避我。从某种意义上来说,这是一件好事,但我还是恼了。事实上我挺伤心的。我给他写了一封信,一封老派的信,贴了邮票,扔进邮筒。"你在躲避我吗?"我写道,"我要做什么才能让你相信我只想和你做好朋友,不需要更多。"他没有回信。

我没有在信里提到的,并且下次见到他也肯定不会提到的,是我在他离开以后如何度过了那个紧随而来的周末。马克和我疯狂做爱,在床上,在地板上,在淋浴间,无处不做,甚至当可怜无辜的克里斯在婴儿床里醒着,哭闹着找我的时候,我们也在做爱。

马克对于我的激情有他自己的理解。他以为我能从他身上闻见他的德班女朋友的气味,想要向他证明我是更好的——我该怎么说?——我在床上要比她好得多。在那个周末过后的星期一,他计划飞往德班,但是他取消了航班,打电话给办公室说他病了。然后我们又回到床上。

他怎么也要不够我。他为了资本主义婚姻制度及其提供给男人在家里和外面都能发情的机会而欣喜若狂。

至于我——我仔细想想怎么说——和两个男人拥有如此亲密的关系让我兴奋到无法承受。我用相当震惊的方式对自己说,你表现得像个妓女!你是不是天性如此?但内心深处,我为自己以及我所能产生的作用感到骄傲。那个周末我第一次体会到在性爱领域无止境地成长的可能性。在此之前,我的性爱观念非常老套:你到了青春期,花了一年、两年或者三年的时间在池塘边缘犹豫,然后你跳进去扑腾,直到找到一个能满足你的伴侣,这就是终结,这就是你的需求的终结。而我在二十六岁的那个周末明白过来,我的性爱生活才刚刚开始。

后来我终于收到回应。约翰给我打来电话。起初他小心地刺探,问我是不是一个人,我丈夫在不在。然后发出邀请，问我愿意不愿意过去吃晚饭，早晚饭，带着孩子一起。

我把克里斯放在婴儿车里去了他们家。约翰穿着蓝白相间的切肉围裙站在门口等我们。"进来吧，去后院，"他说，"我们今天露天烧烤。"

我在那里第一次见到他父亲。他父亲蜷坐在火堆跟前，仿佛很冷，但其实那天晚上挺暖和的。他费力起身迎接我。他看着很虚弱，但实际上只有六十岁左右。"很高兴见到你。"他说，对我露出和蔼的笑容。他和我从一开始就相处得很好。"这是克里斯吗？你好啊，小姑娘！你来看望我们吗？"

他和他儿子不同，南非语口音很重。但是他的英语相当不错。我发现他在卡鲁①的农场长大，有很多兄弟姐妹。他们跟着一位家庭教师学英语——附近没有学校——这位琼斯小姐或者史密斯小姐家里是从欧洲某个英语国家移民过来的。

马克和我住的那片带围墙的住宅区里，每幢房子后院都有固定的烧烤装置。而东海路上的房子没有类似的设施，只有围着砖块的露天篝火。周围有孩子在，特别是像克里斯这样还站不稳的孩子，这样无遮无拦地烧火真是笨到难以置信。我假装去碰烧烤网，装作痛得大叫，抽回手含在嘴里。"好烫！"我对克里斯说，"当心！别碰到了。"

我为什么会记得这个细节？因为我把手含在嘴里。我

---

① 卡鲁(Karoo)，南非的半沙漠自然区域。气候干旱，降雨量低，气温冷热变化悬殊。

留意到约翰停留在我身上的目光,便故意多含了片刻。我知道——请原谅我自吹自擂——当时我的嘴长得很好看,让人想要亲吻。我家里姓契斯(Kiš),在南非没有人知道这种古怪的发音符号,会拼写成 K-I-S。学校里的女生想要挑衅我的时候会嘘我。她们咯咯笑着说 Kiss-Kiss①,咂着湿漉漉的嘴唇。我没法不那么在乎。我觉得让人想要亲吻没什么不对。题外话到此为止。我完全明白你想听约翰的事情,而不是我和我的学校生涯。

烤香肠和烤土豆:这两个男人如此充满想象力地把这两样食物放在一起。香肠配瓶装的番茄酱,土豆配人造奶油。鬼知道香肠是用什么下脚料做的,幸好我给孩子带了两小罐亨氏果泥。

我以女士胃口不大作为借口,只拿了一根香肠放在盘子里。马克长时间不在家,我发现自己肉类吃得越来越少。但是那两个男人只吃肉和土豆,不吃其他的。他们吃起东西来一样,一声不吭,狼吞虎咽,好像食物随时都会被拿走一样。两个孤独的进食者。

"混凝土的活干得怎么样了?"我问。

"再过一个月就完工了,上帝保佑。"约翰说。

"房子会大为改观,"他父亲说,"毫无疑问。会比过去干燥很多。但这真是一项大工程。是吧,约翰?"

我立刻辨别出了这种语调,是家长迫不及待夸赞孩子时的语调。我同情这个可怜的男人。一个三十多岁的儿

---

① 英语,亲吻的意思。

子,除了会铺混凝土之外没有什么可说的了!儿子一定也很不好过,要承受家长的期望带来的压力,期望能够为他感到骄傲!要说我在学校为何如此出类拔萃,最重要的原因是,我要给予在这个陌生国度孤独生活着的父母可以骄傲的东西。

正如我之前说的,他的英语——他父亲的英语——相当不错,但很明显那不是他的母语。当他说出一句习语,比如"毫无疑问",他会略带夸张,仿佛在期待赞许。

我问他是做什么的。(做:如此空洞的词语;但他知道我是什么意思。)他告诉我他是会计,在市区上班。"从这里去市区很折腾吧。"我说,"住得近些不更好吗?"

他喃喃回答了几句,我没听清楚。接着他不再说话。我显然触到了他的痛点。我换了一个话题,却也无济于事。

我原本就对这个夜晚不抱期望,但是单调的对话,漫长的沉默,还有异样的气氛,他俩之间的不和谐或坏情绪——远远超出了我所能消化的。食物乏善可陈,木炭已经烧成灰色,夜色降临,我开始感到冷,克里斯被蚊子攻击。我没有义务继续待在这个杂草丛生的院子里,我没有义务参与这两个我刚刚认识的人之间的家庭问题,即便理论上来说其中一个人是我的情人。于是我抱起克里斯,把她放在婴儿车里。

"先别走啊,"约翰说,"我来做咖啡。"

"我必须走了,"我说,"已经过了孩子睡觉的时间。"

他在门口想要吻我,但我没有心情。

那晚之后,我对自己的解释是,我丈夫的不忠把我激怒到这个程度,为了惩罚他,也为了拯救我的自尊心,我也出轨,我自己也有了一段短暂的不忠。既然这段不忠显然是一个错误,至少在共犯的选择上是错误的,那么我对丈夫的不忠也有了新的理解,很可能那同样也是一个错误,不值得为之难过。

至于我丈夫在家的那些周末,我想我还是不多说了。我已经告诉你够多事情了。我稍微提醒你一下,正是因为有那些周末,我和约翰在平日里的关系才得以维持。如果说约翰对我产生好奇,甚至为我着迷,那是因为他遇见的我,是一个女性能量处于巅峰状态,过着激烈性生活的女人——而这种生活实际和他一点关系也没有。

文森特先生,我完全明白你想了解约翰的事情,而不是我的。但是我所能讲的,或者我唯一想讲的与约翰相关的故事就是这个了,也就是说,有他参与其中的我的生活的故事,和有我参与其中的他的生活的故事,是相当不同的,完全是两码事。我的故事,有关我的故事,在约翰出现前的很多年就开始了,在他退出以后仍要持续多年。我今天和你提起的这段时期,严格说来,马克和我是主角,约翰和德班的女人是配角。所以你必须选择。你想听我说吗?我是继续讲,还是到此为止呢?

请接着说。

你确定?因为我还有进一步的思考。是这样的。如果你觉得你想听到的故事和你从我这里得到的故事之间的差异不过是视角问题，那你就大错特错了——从我这方面来说，约翰的故事或许只是我漫长婚姻中的一段插曲，尽管如此，翻转一下，迅速变换一下视角，再进行一些巧妙的编辑，你就可以把它变成约翰和他生命中某个女人的故事。不能这样，不能这样。我以最真诚的态度告诫你：如果你开始玩弄文字，这里减几个词语，那里加几个词语，整件事情就会毁在你手上。我确实是主角，约翰确实是配角。如果我像是在对你的专业领域指手画脚，我很抱歉，但是你最终会感谢我的。你理解吗？

你的话我听着。我不完全赞同，但是我会听着。

好的，别说我没有告诫过你。

正如我告诉你的，那段日子对我来说很美好，是第二次蜜月，比第一次更甜蜜，也更持久。不然你觉得我怎么会记得那么清楚？真的，我找到了自我！我对自己说。一个女人可以成为这样，一个女人可以做到这些！

我让你感到震惊吗？多半没有。你这代人不会大惊小怪。但是如果我母亲活着听见我告诉你的话，她会大为吃惊。我母亲绝对没有想过像我这样和一个陌生人讲话。

有一次马克去新加坡出差，带回来一台老款的摄像机。他把摄像机支在卧室里拍我俩做爱。作为记录，他说，还能助兴。我不在乎。我随他拍。他可能还保存着录像带；甚至当他怀旧的时候或许还会看看。也有可能录像带被忘在阁楼的盒子里，只有等他死后才会被发现。这是我们的身后之物！想象他的孙子们，瞪大了眼睛看着他们祖父年轻时在床上和他异国的妻子嬉戏。

你的丈夫……

马克和我在 1988 年离婚了。他一气之下再婚。我从没见过我的继任。我想他们住在巴哈马，也有可能是百慕大。

我们能不能就讲到这里？你已经听了很多事情，真是漫长的一天。

但这不是故事的结局，肯定不是。

恰恰相反，这就是故事的结局。至少重要的部分已经讲完了。

但是你和库切仍继续见面。你们互通了几年信件。所以即便从你的角度来看，故事结束了——抱歉，即便对你来说重要的那部分故事结束了——依然留有一个漫长的尾声，一个长长的后续。你能不能和我说说后来的事情？

尾声很短，不长。我会告诉你的，但今天不行。我还有事情。你下周再来吧，可以和我的接待员先约好时间。

下周我就走了。我们明天不能再见一次吗？

明天肯定不行。星期四吧。星期四我看完最后一个病人以后可以给你半小时时间。

好了，说说后来的事情。我该从哪里讲起？就从约翰的父亲讲起吧。沉闷的烤肉派对过去之后不久，一天早晨，我开车经过东海路，看到有一个人独自站在车站——是老库切。我正赶时间，但是无视他显得很不礼貌，于是我停下来捎了他一段路。

他问克里斯好不好。我说她很想她的爸爸，她爸爸大部分时间都不在家。我问起约翰和混凝土的事情。他含糊地回答了些什么。

我俩都没有心情交谈，但我还是没话找话。我问，他妻子去世多久了，希望他不介意我这么问。他告诉了我。至于他和她在一起的生活，快乐与否，他是否想念她，他都不愿回答。

"约翰是你唯一的孩子吗?"我问。

"不，不，他还有一个兄弟，一个弟弟。"他似乎很吃惊我竟然不知道。

"真奇怪，"我说，"因为约翰有一种独子的气息。"我这么说是批评的意思。我觉得他自我中心，似乎一点也不顾及周围的人。

他没有回答——也没有问，比如说什么是独子的气息。

我问起他的第二个儿子，问他住在哪里。库切先生回答住在英国。他几年前就离开了南非，再也没有回来。

"你肯定很想他。"我说。他耸耸肩。这是他典型的回答：无语地耸耸肩。

我必须告诉你，从一开始我就发现这个男人身上有种让人无法承受的悲伤。他在车里坐在我身边，穿着深色的西装，散发着便宜的除臭剂味道，他看起来或许是拘谨正直的化身，但如果他突然大哭我也不会吃惊，一点也不会。除了冷漠的大儿子之外，他孤独一人，每天早晨费力赶赴那个听起来相当枯燥的工作，晚上回到寂静的家——我非常同情他。

"唉，很想他啊。"就在我以为他不会回答的时候，他终于开口。他声音很轻，直视前方。

我把他放在火车站附近的温伯格①。"谢谢你送我，朱莉亚，"他说，"你真好。"

这是他第一次叫我的名字。我本可以回答，回头见。我也可以回答，你和约翰一定要来我家吃饭。但是我没有，我只是挥了挥手就开车走了。

太狠心了！我责备自己。铁石心肠！我为什么对他，对他俩那么狠心？

真的，我为什么曾经，我为什么一直对约翰那么挑剔？至少他在照顾他父亲。至少如果他父亲出事，有人可以依靠。比我做得好。我的父亲——你或许不感兴趣，你为什么要感兴趣呢？但我还是告诉你吧——我父亲此刻正住在伊丽莎白港外面的一所私人疗养院里。他的衣服都被收走

---

① 温伯格（Wynberg），开普敦的南部郊区。

了,不管是白天还是晚上,他都只能穿睡衣、长袍和拖鞋。他被灌下几及耳①的镇定剂。为什么要这么对待他?只是为了护理人员方便,让他听话。因为他不吃药就会狂躁不安,大喊大叫。

(沉默。)

你认为约翰爱他的父亲吗?

男孩都爱母亲,不爱父亲。你难道不知道弗洛伊德②吗?男孩恨他们的父亲,想要取代父亲占有母亲的爱。约翰当然不爱他父亲,他不爱任何人。他不是为爱而生的。但是他确实对父亲怀有愧疚。他怀有愧疚,于是尽忠职守。自然也会有疏漏之处。

我和你说说我自己的父亲。我父亲出生于 1905 年,所以当时他快七十岁了,他的脑子不行了。他忘了自己是谁,忘了自己刚刚到南非时学会的基础英语。他有时候对护士说德语,有时候说匈牙利语,他们一个字都听不懂。他确信自己在马达加斯加,在集中营里。他认为纳粹占领了马达加斯加,把那里变成了犹太人的 Strafkolonie③。他也并不

---

① 及耳(gill),液量单位,一及耳等于四分之一品特。
② 西格蒙德·弗洛伊德(Sigmund Freud,1856—1939),奥地利精神病医师,心理学家,精神分析学派创始人。1899 年出版《梦的解析》被认为代表着精神分析心理学的正式形成。
③ 德语,意思是流放地。弗兰兹·卡夫卡于 1919 年出版中篇小说《在流放地》,讲述一个旅行家受邀到一座流放地岛屿观看一场行刑表演。

总是记得我。我有一次去看他，他把我当成了他的姐姐，我的姑姑特鲁迪，我没见过她，但我们有点像。他要我去找监狱长替他求情。"Ich bin der Erstgeborene."①他不断说，我是长子。如果不让长子去工作（我父亲是珠宝商，也做钻石切割生意），他的家人怎么活下去呢？

这是我做现在这份工作的原因，这是我成为治疗师的原因。正是因为我在疗养院里目睹的情景。我希望人们能免受我父亲在那里的遭遇。

我父亲住疗养院的钱是我的哥哥，他的儿子支付的。我哥哥每周按时看望他，即便我父亲只能间歇性地认出他来。归根结底说来，我哥哥承担起了照顾父亲的责任。归根结底说来，我抛弃了父亲。而我是他最爱的孩子——我，他亲爱的朱莉斯卡②，那么漂亮，那么聪明，那么深情。

你知道我最希望的是什么吗？我希望死后我们能有机会，我们每个人，能有机会对那些被我们伤害的人说声抱歉。我有很多抱歉要说，相信我。

说了那么多父亲们的事情。我们说回朱莉亚和她的婚外恋吧，你大老远赶来就是为了这个。

有一天我丈夫说他要去香港和公司海外合伙人谈判。

"你要去多久？"我问。

"一个星期，"他回答，"如果谈判进行得顺利，可能会延长一两天。"

---

① 德语：我是长子。
② 朱莉斯卡（Julischka），朱莉亚的德语名字。

我没有多想，直到他要离开前不久，我接到他同事的妻子打来的电话，问我有没有为香港之行准备晚礼裙，我说只有马克一个人去，我不陪他。她说，哦，我以为所有妻子都被邀请了。

马克回家以后我提起这件事。"琼刚刚打来电话，她说她和阿里斯泰尔一起去香港。她说所有妻子都被邀请了。"

"是都邀请了，但是公司不出钱。"马克说，"你真的想要大老远飞去香港，和公司里一群同事的妻子待在酒店里抱怨天气？香港的天气在这个季节热得像洗桑拿。而且克里斯怎么办？你要把克里斯一起带上吗？"

"我根本不想去香港，带着哭闹的孩子待在酒店里，"我说，"我只想知道实情。这样才不会在你朋友打电话来的时候丢脸。"

"好了，现在你都知道了。"他说。

他错了，我不知道。但是我能猜得到。特别是我能猜到那个德班的女朋友也会去香港。从那一刻起，我对马克冷若冰霜。到此为止吧，浑蛋，不要再以为你的婚外恋能让我兴奋！我心里是这么想的。

"就是因为去香港的事情吗？"等他终于明白过来以后，他对我说，"如果你想去香港，拜托你就说出来，不要像消化不良的老虎一样在房间里走来走去。"

"我能说什么呢？"我说，"说求你吗？不，我一点也不想陪你去香港。你说得没错，到了那里我只能无聊地和妻子们坐在一起发牢骚，而丈夫们则在其他地方忙着决定世界的未来。我宁可待在属于我的家里，照顾你的孩子，还更开心一点。"

马克离开的那天，我们之间的情况就是如此。

等等，我糊涂了。我们现在说的是哪段时间？去香港的事情是什么时候发生的。

肯定是1973年，1973年初，我没法告诉你确切日期。

所以你和约翰·库切一直保持着联络……

没有。我们没有再见面。你一开始问我是如何遇见约翰的，我告诉你了。那是故事的开始，现在我们来到故事的结尾，也就是我们的关系如何渐渐趋向终结。

你问，那么故事的主干在哪里？没有主干。我无法提供你主干，因为没有。这是一个没有主干的故事。

我们说回马克，说回那重要的一天，他出发去香港。他刚走，我就跳进车里，开到东海路，在前门留下一张纸条："如果你有空的话，下午两点左右来我家。"

越是接近两点，我感觉越是燥热。孩子也感觉到了。她不安，哭闹，紧紧黏着我，不肯睡觉。燥热，但是我问自己这是哪种燥热，是疯狂的燥热？还是愤怒的燥热？

我等啊等，但是约翰没有来，两点没来，三点没来。五点半的时候他来了，我已经在沙发上睡着了，克里斯睡在我肩膀上，又热又黏。我被门铃吵醒，开门见到他的时候，我还是昏昏沉沉，神志不清。

"抱歉我没能早点来，"他说，"但是我下午在上课。"

当然是太晚了，克里斯醒了，以她自己的方式表达着嫉妒。

之后约翰像说好的那样又回来了，我们晚上一起过夜。事实上马克在香港的时候，约翰每晚都和我一起睡，天亮前离开，以免撞见帮工。我下午睡午觉来补偿晚上损失的睡眠。我不知道他怎么补觉。或许他的学生，他的葡萄牙女学生们——你知道她们吧，那些来自前葡萄牙帝国的流浪儿？不知道？记得提醒我告诉你——他的女学生们没准会因为他夜晚过劳而受苦。

我和马克的激情夏日让我对性有了新的理解：性是一场比赛，一种角斗，你得拼尽全力让对手臣服于你的性爱意志。马克有种种缺点，却是一个极有竞争力的性对手，尽管他没有我敏感，也不比我坚定。然而我对约翰的评价——终于，终于来到了你等待的时刻，传记先生——经过了七个夜晚的测试之后，我对约翰·库切的评价是，他和当时的我不是一类人。

约翰有一种所谓的性爱模式，他脱下衣服就会进入这种模式。在性爱模式中，他能极其充分地扮演男性角色——充分，彻底，但是——在我看来——太不近人情了。我从没感觉到他与我在一起，与真实的我在一起。相反，他仿佛是和头脑中有关我的性爱想象交合，甚至可能是和头脑中最完美的女性想象交合。

我当时只是感到失望。现在我思考得更深入。我认为他做爱的时候有一种自闭特性。我这么说不是批评，而是诊断,如果你对此感兴趣的话。自闭症患者把其他人看成机械人,神秘的机械人。同样,他也希望其他人将他看成神秘的机械人。如果你自闭,坠入爱情就等同于将对方变成你欲望的不可理解的客体;相对应地,被爱就等同于被当成对方欲望的不可理解的客体对待。两个不可理解的机械人进行不可理解的身体交合,这就是和约翰在床上的感觉。两颗独立的进取心忙个不停,他的和我的。我说不出来他的进取心是什么,对我来说并不透明。但总的来说:和他做爱缺乏激情。

在我行医过程中,很少遇见可以在临床上被归类为自闭症的患者。尽管如此,关于他们的性生活,我猜想他们觉得自慰比真正做爱更满足。

我想我已经告诉过你,约翰是我的第三个男人而已。和这三个男人的性事,我都已经抛诸脑后。这是一个悲伤的故事。在这三个男人之后,我对南非白人失去了兴趣,南非白种男人。他们身上有种共同的特质,我很难触碰,但是当马克的同事谈论国家未来时,我从他们闪烁回避的目光中感觉到了什么——仿佛他们参与共谋,要为这个之前看起来不会有未来的国家创造一个虚假的幻视①的未来。像是相机快门一闪的瞬间,暴露出他们内心的虚妄。

---

① 幻视(trompe-l'oeil),即视觉陷阱,是一种作画技巧,使得二维的画给人以非常真实的三维空间的感受。这个名词源于巴洛克时期,但此技法在文艺复兴时期便被画家广泛运用。

当然我也是南非人,白得不能再白的白人。我在白人中出生,在白人中长大,生活在白人中。但是我还有第二个自我能够依靠:来自松博特海伊①的朱莉亚·契斯,或者更准确地说是契斯·朱莉亚。只要我不抛弃朱莉亚·契斯,或者朱莉亚·契斯不抛弃我,我就能看到其他白人无视的东西。

　　比如当时的南非白人喜欢把自己看成是非洲的犹太人,或者至少是非洲的以色列人:头脑精明,肆无忌惮,适应性强,脚踏实地,遭到他们所统治的部落的仇恨和嫉妒。这些想法都是错的。都是无稽之谈。只有犹太人理解犹太人,正如只有女人理解男人。这些人不坚强,他们甚至不精明,或者说不够精明。他们当然不是犹太人。事实上他们是丛林里的婴儿。我现在就是这样看待他们的:被奴隶照料着的一大家子婴儿。

　　约翰睡觉的时候会抽搐,抽得厉害,以至于我没法好好睡。我实在受不了了就会晃晃他。“你在做噩梦。”我会说。“我从来不做梦。”他咕哝几句就立刻继续睡过去。很快又开始抽搐。我恼火到开始希望马克能回到我的床上。至少马克睡得像一根木头。

　　够了吧。你已经了解了来龙去脉。这不是感官的田园诗,完全不是。还有什么? 你还想知道什么?

　　我想问问。你是犹太人,约翰不是。你们之间有没有

---

① 松博特海伊(Szombathely),位于匈牙利西部的城市,沃什州的首府,靠近奥地利边境。

因此而产生紧张关系？

紧张？我们的关系为什么会紧张？哪方面紧张？毕竟我不打算嫁给约翰。没有，约翰和我在这方面完全没有问题。他和北方人处不来，特别是英国人，他说英国人有优雅的风度，有颇具修养的矜持，让他感觉窒息。他喜欢更愿意奉献自己的人；于是有时候他也会鼓起勇气奉献一些自我作为回报。

在我结束之前你还有其他问题吗？

没有了。

一天早上（我跳过一段时间，想以此收尾）约翰出现在我家前门。"我不进来了，"他说，"但是我想你可能会喜欢这个。"他拿出一本书。封面上写着：《幽暗之地》①，J. M. 库切著。

我吓了一大跳。"你写的？"我说。我知道他写作，但是很多人都写作。我没有想到他是认真的。

"这是给你的。是样书。我今天收到两本样书。"

我翻了翻。书里有人在抱怨妻子。还有人坐牛车旅行。"这是什么？"我说，"是小说吗？"

"算是。"

算是。"谢谢你，"我说，"我会好好读的。这本书会不

----

① 《幽暗之地》（*Dusklands*），J. M. 库切出版于 1974 年的小说。

会让你赚到很多钱？你能不能不再教书了？"

他觉得我的问题很好笑。因为这本书,他心情很好。我不常见到他这样。

"我不知道你父亲是历史学家。"我们再次见面时我对他说。我是指这本书的作者,我跟前的这个男人,在序言里面号称他父亲,那个每天都去城里做会计工作的小老头,同时还是一位追踪史料和翻阅旧档案的历史学家。

"你是说序言？"他说,"哦,那都是编的。"

"那你父亲会怎么想,"我说,"编造他的情况,把他变成书里的角色,他会怎么想？"

约翰看起来不太自在。我后来才明白,他不想让别人知道,他的父亲根本没看《幽暗之地》。

"还有雅各布斯·库切,"我说,"你受人尊重的祖先雅各布斯·库切是不是也是你编造的？"

"不是,真的有一个雅各布斯·库切,"他说,"至少有一份真正的文档白纸黑字地记载着据说是某个署名雅各布斯·库切的人的口述实录。文档末尾有一个 X 记号,抄写员证实,正是提供口述的这位库切手写的,写了 X 是因为他不识字。从这个意义上来说,他不是我编造出来的。"

"你的这个雅各布斯作为一个不识字的人来说,太有文化了。比如我看到他引用了尼采。"

"十八世纪的拓荒者都令人惊奇,你永远不知道接下来他们会提出什么。"

我不能说我喜欢《幽暗之地》。我知道这听起来有点老派,但是我更喜欢书里有男主人公和女主人公,有我喜欢的角色。我从未写过故事，我在这方面没有野心，但是我猜想，创造出坏的人物——不值得信任的人物，卑鄙的人物——要比创造出好的人物容易很多。这是我的看法，不管有用没用。

你有没有对库切说过这些？

我有没有对他说我认为他挑容易的写？没有。我只是惊讶于我这位断断续续的情人，这位业余工匠，兼职学校教师，有能力写出了一本像模像样的书，而且还找到了出版商，虽然只是在约翰内斯堡出版。我很惊讶，我为他感到高兴，我甚至有点自豪。我也沾了光。在我念书的时候，曾经和很多有希望成为作家的人一起玩，但没有一个人真的出版了一本书。

我还没有问过你：你是学什么的？心理学？

不是，完全不是。我学的是德国文学。为日后成为一名家庭主妇和母亲做准备，我读了诺瓦利斯①和戈特弗里德·贝恩②。我从文学专业毕业，之后的二十年，直到克里

---

① 诺瓦利斯（Novalis，1772—1801），德国早期浪漫主义诗人代表人物，他的抒情诗代表作有《夜颂》和《圣歌》，还写过长篇小说《海因里希·冯·奥弗特丁根》。
② 戈特弗里德·贝恩（Gottfried Benn，1886—1956），德国诗人，表现主义文学代表人物。

斯蒂娜成年并且离开家,我——该怎么说呢?——我处于智力休眠状态。然后我重回大学。这次是在蒙特利尔。我从头开始学习基础科学,之后研习医学,接受训练成为治疗师。这是一段漫长的道路。

你认为如果你过去学的是心理学而不是文学,你和库切的关系会不一样吗?

这个问题很奇怪!回答是不会。如果二十世纪六十年代我在南非学习心理学,我将不得不专心于老鼠和章鱼的神经过程,而约翰不是老鼠或者章鱼。

那他是哪种动物?

你的问题太怪了!他不是任何一种动物,我这么说是有特殊理由的:他的智能,尤其是他的思考能力过度发达,导致他的动物本性被削弱。他是一个智人,甚至是智人中的智人。

再说回《幽暗之地》。作为一部作品,我并不认为《幽暗之地》缺乏激情,但是那种激情是隐晦的。我把它当成一本关于残酷的书来阅读,揭露了不同形式的征服中所包含的残酷。但是这种残酷真正的来源是什么?在我现在看来,轨迹可以追溯到作者的内心。我能对这本书做出的最好的解释是,写作这本书是一种自我管理疗法。也让我重新去理解了我和他共同度过的那段时光。

我不确定我是否理解了。你能再多说一点吗？

你不理解什么？

你是说他对你残酷？

不，完全不是。约翰对我极其温柔。他是那种我会称之为温文尔雅的人，是一位绅士。这是他问题的一部分。他的人生计划就是要温柔。让我从头说起。你肯定记得《幽暗之地》里有多少杀戮——不仅是人类的杀戮，还有动物的杀戮。书出版之际，约翰向我宣称他成了素食主义者。我不知道他坚持了多久，但是我把他成为素食主义者的举动理解为更大的自我革新的一部分。他决心在人生的方方面面都避免残酷和暴力的冲动——包括他的爱情，我可以这么说——并将那些冲动引入写作，结果他的写作就成了某种无止境的净化练习。

这些有多少是你当时就看出来的，有多少是你成为治疗师以后的洞察？

我都看出来了——浮于表面，不用深挖——但当时我没有合适的语言可以描述。另外，我正在和这个男人婚外恋。人在一段恋情中不可能太理性。

一段恋情。你之前没有用过这个词语。

那我自己纠正一下。一段情欲纠葛。因为我当时年轻，且自我中心，很难去爱一个人，真正去爱一个像约翰那样完全不完整的人。所以我和两个男人处于一段情欲纠葛中，其中一个我深深投入——我和他结婚，他是我孩子的父亲——而另外一个，我完全没有投入。

为什么我对约翰没有更深的投入，我现在猜想，很大一部分原因是他计划将自己变成我向你描述过的那种温文尔雅的男人，无害的男人，甚至不会伤害沉默的动物，不会伤害女性。我现在认为，我当时应该把我的想法更清晰地告诉他。你不知出于什么原因压抑了自我，我应该对他说，别这样，没必要这样。如果我这样告诉他了，如果他听进去了，如果他能允许自己更冲动一些，更傲慢一些，不那么顾虑，他或许真的可以把我从那段已经很糟糕，之后还将变得更糟糕的婚姻中拉出来。他或许真的可以挽救我，或者为我挽救我生命中最好的岁月，那段岁月最终还是被荒废了。

（沉默。）

我忘记自己说到哪里了。我们在说什么？

《幽暗之地》。

没错，《幽暗之地》。谨慎的书名。那本书实际上是他遇见我之前写的。查查年表。不要把它解读成是我们之间的故事。

我完全没有这么想。

我记得曾经问约翰，《幽暗之地》出版以后，他还有什么新的计划。他的回答很含糊。"我总是有这样那样的事情要做，"他说，"如果我听从于不工作的诱惑，我能拿自己怎么办？活着还有什么意思？我会自杀的。"

这话让我吃惊——我是指，他需要写作。我对他的习惯几乎一无所知，不知道他平时都在干吗，但是我绝对想不到他是个工作狂。

"你当真？"我问。

"我不写作会抑郁。"他回答。

"那你为什么没完没了地修房子？"我说，"你可以付钱找人来做，省下的时间用来写作。"

"你不懂，"他说，"即便有钱我也不会雇工人，我仍然觉得有必要每天花几个小时在院子里挖地，或者搬砖，搅拌混凝土，况且我没钱。"接着他又发表了一通言论，关于有必要推翻体力劳动的禁忌。

我不由思索他有没有一点批评我的意思：比如说，我付钱找黑人用人做家务，让我得以有空找陌生男人风流。但我没多想。"嗯，"我说，"你肯定不懂经济学。经济学的首要原则就是，如果我们都坚持自己纺纱，自己挤牛奶，而不是雇用其他人来替我们做，我们就将永远停留在石器时代。

所以我们发明了建立在交换基础上的经济,反过来才让我们漫长的物质发展历史成为可能。你付钱给其他人来铺混凝土,作为交换你获得时间写书,你的书会证明你的闲暇时间有意义,并给你的生活带来意义。甚至有可能会给那些为你铺混凝土的工人的生活也带来意义。这样我们都有好处。"

"你真的相信这个?"他说,"你相信书能给你的生活带来意义?"

"是啊,"我说,"一本书应该是一把斧头,能劈开我们内心的冰冻海洋。不然还能是什么?"

"是面对时间的一种拒绝的姿态。是对不朽的企图。"

"没有人是不朽的。书籍不会永存。我们生活的整个星球会被太阳吞噬,烧成灰烬。之后宇宙自己会爆炸,消失成为一个黑洞。没有什么能留存下来,我不会,你不会,关于十八世纪南非虚构的边远地区居民的小众书籍当然也不会。"

"我不是指存在于时间之外的不朽,我是指超越肉体死亡的存在。"

"你希望你死后人们还是在读你的书?"

"坚持这样的期望带给我些许安慰。"

"即便你无法亲眼见证?"

"即便我无法亲眼见证。"

"但是如果你的书不是写给未来的人的,无法帮助他们找到生命的意义,他们为什么要读?"

"或许他们仍然喜欢读写得好的书?"

"傻话。这就像是说如果我做了一个很好的收音唱机，那么二十五世纪的人还会用。但是他们不会。因为收音唱机不管做得多么精致，到那时候都已经被淘汰了。无法引起二十五世纪的人的兴趣。"

"或许到了二十五世纪，依然有很小一部分好奇的人想知道二十世纪末的收音唱机听起来是什么样的。"

"收藏家，爱好者。你打算就这样度过你的一生吗：坐在桌子前手工制作一样物件，可能会也可能不会被当作珍品保存。"

他耸耸肩。"那你还有更好的主意吗？"

你认为我在炫耀。我能看得出来。你认为我编造了对话来显摆自己有多聪明。但有时约翰和我的对话就是如此。我们的交谈很有趣，我喜欢和他交谈；后来我们不再见面，我仍然想念那些交谈。事实上我最想念的或许就是我们之间的交谈。他是我认识的唯一一个会在诚实的争论中让我打败他的男人，在他发现自己快要输了的时候，他不会咄咄逼人，不会语焉不详，不会怒气冲冲。而我总能打败他，差不多总能。

原因很简单。不是因为他不会争论，而是他一生遵循原则，而我则始终是实用主义者。实用主义总能打败原则；事情就是这样的。宇宙运转，我们脚下的大地变化；原则总是落后一步。原则是喜剧的素材。当原则撞上现实就产生了喜剧。我知道约翰·库切以闷闷不乐著称，但他其实相当有趣。他是一个喜剧人物。闷闷不乐的喜剧。他隐隐约约知道，甚至接受这一点。这就是为什么我回想起他依然怀着爱意。如果你想要知道。

（沉默。）

我向来擅长争论。在学校的时候，每个人在我周围都感到紧张，甚至包括我的老师。舌头像刀子一样，我母亲曾经半带责备地说我。女孩不应该和人争成那样，女孩应该学会更温柔。但她有时候又会说，你这样的女孩应该成为律师。她以我为傲，以我的斗志，以我的口才为傲。她们那代人，女儿离开父亲的家以后，就直接嫁入了丈夫的或者公公的家。

不管怎么说，"你还有更好的想法吗，"约翰说，"还有比以写作度过一生更好的想法吗？"

"没有，但是我有一个想法或许可以鼓励你，帮助你找到生活的方向。"

"什么？"

"找一个好女人，和她结婚。"

他不安地看着我。"你是在向我求婚吗？"他说。

我大笑。"不是，"我说，"我已经结婚了，谢谢你。你最好找一个适合你的女人，能带你走出自我的女人。"

我已经结婚了，所以和你结婚就会构成重婚罪：这是我没说出口的话。然而仔细想想，重婚除了违法之外又有什么不对？为什么重婚是犯罪，而出轨只是一种过错，或者一种消遣？我已经是一个情妇，为什么不也做一个重婚者，一个重婚女性？毕竟这里是非洲。如果没有一个非洲男人会因为有两个妻子被拖上法庭,我为什么不能有两个配偶,一个公开的,一个私密的?

"这不是求婚,绝对不是,"我一再说,"但是——只是假设——如果我单身,你会和我结婚吗?"

我只是问问,随便问问,然而他一言不发地抱住我,抱得紧紧的,我几乎喘不过气。这是我能想起的他的第一次看似发自内心的举动。我当然见过他出于动物欲望而动感情——我们不会在床上讨论亚里士多德——但是我之前从没见过他被感情控制。于是我惊喜地问自己,这个铁石心肠的人竟然有感情吗?

"怎么了?"我说,松脱了他的怀抱,"你有什么想和我说的吗?"

他沉默着。他在哭吗?我打开床头灯端详他。没有眼泪,但是他确实露出一副受挫难过的神情。"如果你不告诉我发生了什么,"我说,"我帮不了你。"

之后等他平静下来,我们都装作不在乎刚刚的事情。"找一个合适的女人,"我说,"你会成为最好的丈夫。尽责。勤奋工作。聪明。事实上你是一个相当不错的对象。在床上也很棒。"尽管不完全是真的。"充满深情。"我想了想又补充了一点,尽管也不完全是真的。

"并且还是一个艺术家,"他说,"你忘记说了。"

"并且还是一个艺术家。用文字表达的艺术家。"

(沉默。)

然后呢？

说完了。我俩成功走完了一段艰难历程。我的第一反应是他对我怀有更深的感情。

比什么更深？

比任何一个男人对邻居家诱人的妻子或是邻居家的牛或者驴子所能怀有的感情更深。[①]

你是说他爱上了你？

爱……爱上我还是爱上我的概念？我不知道。我只知道他有理由感谢我。我把事情处理得让他更容易面对。有的男人发现自己很难对女人献殷勤。他们害怕暴露自己的欲望，害怕面对拒绝。在他们的恐惧背后通常有童年阴影。我从未迫使约翰暴露自我。是我追求了他。是我勾引了他。是我安排了这段恋情的关系。甚至是我决定了恋情结束的时间。所以你问我，他爱我吗？我的回答是，他对我心怀感激。

（沉默。）

---

① 出自"十诫"中的一条，"不可贪恋人的房屋；也不可贪恋人的妻子、仆婢、牛驴，并他一切所有的"。

之后我常常想，如果我没有挡开他，而是用我的激情去回应他的激情会怎样。如果我当时有勇气和马克离婚，而不是又等了十三四年，如果我当时就和约翰在一起会怎样。那会使我的生活更有意义吗？或许会。或许不会。但是这样一来，我就不是现在和你交谈的前任情妇。我就成了他哀伤的遗孀。

克里斯是一个问题，是一个麻烦。克里斯很依恋她的父亲，我发现她越来越难以对付。她不再是一个婴儿——她快两岁了——尽管她的语言发展缓慢到令人不安（结果证明我完全需要担忧，后来她特别能说），她的动作一天比一天敏捷——又敏捷又大胆。她学会了爬出她的婴儿床，我只好雇了工人在楼梯口做了一道门，以防她摔下来。

我记得有一天晚上，克里斯毫无预示地出现在我床边，揉着眼睛，呜咽着，迷迷糊糊的。我镇定地抱起她，在她还没有发现床上躺在我身边的人不是她爸爸之前，飞快地把她送回房间；但万一下次我没有那么幸运怎么办？

我始终不太清楚我的双重生活会对这个孩子造成什么潜在影响。一方面我告诉自己只要我的身体满足，心里平静，有益的影响自然也会渗透到她那里。如果你认为这种想法太自私，那我要提醒你，在二十世纪七十年代，进步的观念，正统的观念认为，性是一种有益的力量，无论以任何形式，找任何伴侣。但是另外一方面，爸爸和约翰叔叔轮流出现在家里很明显让克里斯感到困惑。等到她能开口说话了会怎么样？如果她把两个人混淆了，称她的爸爸为约翰叔叔怎么办？这代价太大了。

我一直认为西格蒙德·弗洛伊德的理论是胡扯,从他提出的俄狄浦斯情结开始,到他拒绝了解孩子日常遭受的性虐待,即便是在他那些中产阶级客户家里。然而我确实同意他的一种观点,孩子从很小开始就花很多时间来确认自己在家庭中的地位。以克里斯为例,我们的家庭关系曾经很简单:她自己是宇宙中心的太阳,加上妈妈和爸爸是她的附属行星。我费劲让她弄明白,每天早晨八点出现,中午离开的玛利亚不是我们家的一员。"玛利亚现在要回家了,"我会当着玛利亚的面对她说,"和玛利亚说再见。玛利亚得回去照顾她自己的小女孩。"(我把玛利亚的小女孩说成单数是为了不要把问题复杂化。我完全清楚玛利亚有七个孩子要照顾,五个是她自己的,两个是她死于结核病的姐姐留下的。)

至于克里斯更外延的家庭,她的外婆在她出生前就去世了,她的外公住在疗养院里,我告诉过你。马克的父母住在东开普省郊外的农舍里,那里围着两米高的电网。他们从来不在外面过夜,因为担心农场会被抢,家禽会跑掉,所以他们就和坐牢一样。马克的姐姐住在几千公里外的西雅图,我自己的哥哥从没来过开普敦。所以克里斯对于家庭构成的想法极其简单。唯一复杂的就是半夜从后门溜进来,爬到妈妈床上的叔叔。这位叔叔算是什么?他是家里的一员,还是恰恰相反,是侵蚀家庭核心的蛀虫?

还有玛利亚——玛利亚知道多少?我不清楚。当时流动劳工在南非很普遍,所以玛利亚肯定见惯了丈夫告别妻子和孩子去大城市找工作的情形。但玛利亚是否赞同妻子趁丈夫不在乱搞就不知道了。尽管玛利亚从未真正见过我的夜间访客，要骗过她却几乎不可能。访客留下了太多痕迹了。

怎么？真的已经六点了吗？我不知道已经那么晚了。我们得打住了。你能明天再来吗？

我明天恐怕要回家了。我从这里飞多伦多，再从多伦多飞回伦敦。很遗憾如果……

好吧，那我们继续说吧。没有多少了，我加快速度。

一天晚上约翰来的时候兴奋异常。他带着一台小的卡式播放机，塞进一盒磁带，是舒伯特的弦乐五重奏。我不觉得这是催情的音乐，我也没有特别在状态，但是他想要做爱，还特别强调——抱歉我就直言不讳了——他希望我们的动作能配合音乐的慢板。

嗯，慢板或许很优美，但我根本提不起兴致。而且我总也忘不了磁带盒子上的图片：弗朗茨·舒伯特不像是音乐之神，而像是被重感冒折磨的维也纳办事员。

我不知道你是否记得那段慢板，有一段长长的小提琴咏叹调，配合着底下中提琴的节拍，我能感觉到约翰正尽力跟上节奏。整件事情都让我感到是被迫的，可笑的。不知道怎么的，约翰也感觉到了我的疏远。"放空大脑！"他让我静下来，"好好感受音乐。"

唉，没什么比别人告诉你必须感受什么更令人恼火了。我背过身去，他小小的性爱试验立刻毁了。

他后来试图解释。他说他想要表现感觉的发展过程。感觉也有自己自然的发展过程。感觉存在于一段时间内，兴盛一阵或者没有达到兴盛的程度，然后死去或者消亡。在舒伯特时代曾经兴盛的感觉如今大部分已经死去。留给我们的再次体验那种感觉的唯一途径，就是听那个时代的音乐。因为音乐是感觉留下的痕迹和铭文。

好吧，我说，但是为什么我们非得在听音乐的时候做爱？

他回答说因为五重奏的慢板就是关于做爱的。如果我不抗拒，而是让音乐进入我和激励我，我会体验到某种非同寻常的感觉：在后波拿巴时代的奥地利做爱的感觉。

"后波拿巴时代的男人或者后波拿巴时代的女人做爱是什么感觉，"我说，"舒伯特先生或者舒伯特太太做爱是什么感觉？"

他真的被惹恼了，他不愿意自己的宝贝理论被取笑。

"音乐不是关于做爱的，"我继续说，"在这一点上你理解错了。音乐是关于前戏的。是关于求爱的。你得到允许和女孩上床前得先唱歌给她听，而不是在床上唱歌。你唱歌给她听是为了向她求爱，赢得她的心。如果你和我在床上不愉快，或许是因为你没有赢得我的心。"

我应该到此为止，但是我没有，我继续深入往下说。"我俩犯的错误是，"我说，"我们跳过了前戏。我不是在责备你，这同样也是我的错，但无论如何这都是一个错误。有一段美好的长长的求爱过程才会让性爱更好。获得更多情感的满足。也获得更多情欲的满足。如果你想要改善我们的性生活,让我跟着音乐做爱是没用的。"

我期望他能反驳,能为音乐性爱辩护。但是他没有上当。相反他露出阴沉挫败的神情,背过身去。

我知道这和我之前说的自相矛盾,我说他有气度,输得起,但是这次我好像真的碰到了他的痛点。

不管怎么说,我们到了这个地步。我收不回自己的话,继续攻击他。"回家去好好练习求爱吧,"我说,"走啊,回去啊。带上你的舒伯特。等你能干得更好的时候再来。"

这话很残酷,但是谁让他不反驳。

"好的——我走了,"他沉着脸说,"反正我也还有事情要做。"他开始穿衣服。

有事情要做!我拿起手边最近的东西,正好是一个相当不错的陶土小盘子,棕色的,绘着黄色饰边,是我和马克在斯威士兰①买的六件套里面的一个。有那么一刹那,我仍然能看到这幕场景喜剧性的一面:黑头发,裸着乳房的情人,以她中欧人的火暴脾气,大声咒骂,乱摔陶器。接着我就把盘子扔了过去。

盘子砸到他的脖子又弹到地上,没有碎。他缩起肩膀,困惑地看着我。我敢肯定,他从来没被盘子砸过。"滚!"我大喊,甚至可能还尖叫,把他赶走。克里斯醒来开始哭。

奇怪的是,我后来一点也不后悔。相反,我感觉兴奋,为自己骄傲。发自内心!我对自己说。这是我扔的第一个

---

① 斯威士兰王国(Eswatini),旧英语官方国名为 Swaziland,是非洲南部的内陆国家,三面为南非共和国所包围。

盘子!

（沉默。）

后来还有别的吗？

别的盘子？多的是。

（沉默。）

那你和他之间就是这样结束的吗？

不完全是。还有一段尾声。我会告诉你，然后就结束了。

是一只避孕套导致了真正的终结，一只系住口的避孕套，里面满是死掉的精子。是马克从床底下捞出来的。我目瞪口呆。我怎么会漏掉？这就仿佛是我故意想被发现，想把自己的不忠告知天下。

马克和我从来不用避孕套，所以撒谎没有意义。"这件事情持续多久了？"他问。"从去年十二月开始的。"我说。"你这个婊子，"他说，"你这个肮脏的、撒谎的婊子！我竟然那么信任你。"

他已经快要冲出房间，但又像是改变了主意回过身来——抱歉，后来发生的事情我就不说了，要再说一遍实在是太羞耻、太丢脸了。我只能说，他的行为让我吃惊，让我震动,最重要的是让我愤怒。"马克,我永远不会原谅你的行为。"我缓过神来说,"你刚刚越过了我的底线。我要走了。换你来照顾克里斯。"

我发誓,当时我说出我要走,换你来照顾克里斯的时候,只不过是指我要出去一会儿,这个下午他来照顾孩子。但是我走了不到五步来到前门,脑海里闪过一个强烈的念头,这可以是我获得自由的时刻,我可以就此走出不称心的婚姻,再也不回头。我头顶的乌云和心里的乌云都散去了。别多想!我对自己说。只管做!我毫不犹豫地转身上楼,塞了一些内衣在手提包里,再次冲下楼。

马克挡住我。"你要去哪里?"他说,"你是不是要去找他?"

"去死吧。"我说,我想推开他,但是他抓住我的胳膊。

"松手!"我说。

没有尖叫,没有咆哮,只是一句简短的命令,却仿佛皇冠和皇袍从天降落到我身上。他一句话都没说就松了手。我开车离去的时候,他还目瞪口呆地站在门口。

太容易了!我欣喜若狂。太容易了!为什么我以前不这么做?

然而那个时刻让我感到困惑的是——事实上那是我一生中最关键的时刻之一——让我感到困惑并且困惑至今的是接下来我要说的事情。即使我内心的某种力量——为了解释起来简单,我姑且称之为潜意识,尽管我对于传统意义的潜意识保留自己意见——阻止我去检查床底下——正因如此才促成了这场婚姻危机——玛利亚到底为什么要把罪证留在那里？——玛利亚绝对不是我潜意识的一部分，玛利亚的工作是打扫，是清洁，是把东西扔掉。玛利亚是故意遗漏那只避孕套的吗？她看到避孕套的时候是不是直起身体对自己说，太过分了！我要么捍卫婚床的神圣，要么就成了这桩无耻婚外恋的同谋！

有时候我想象自己回到南非，崭新的，令人向往的，民主的南非，只为了找到玛利亚，如果她还活着的话，从她那里把事情问个明白，为这个恼人的问题找到答案。

我当然不会去投奔让马克妒火中烧的他，但是我能去哪里？我在开普敦没有朋友，他们首先都是马克的朋友，然后才是我的朋友。

我开车经过温伯格的时候看见过一栋住宅，是一栋布局杂乱的老房子，外面挂着牌子：坎特伯雷旅馆/住宿/膳食全包或者半包/周租或者月租。我决定在坎特伯雷旅馆住几天。

好的，前台的女人说，正好有一个空房间，问我想要住一个星期还是更长时间？我说先住一个星期吧。

这个房间——耐心点，这不是不相关的细节——是在一楼。房间很大，有一个小小的干净的卫生间，有迷你冰箱，法式玻璃门外面是阴凉的覆盖着藤蔓植物的阳台。"很好，"我说，"我住下了。"

"你有行李吗？"女人问。

"行李会送过来。"我说，她明白。我肯定不是第一个出现在坎特伯雷旅馆门口的离家出走的妻子。我相信他们从恼火的夫妻手里赚了不少钱。还能从付了一周房费的人那里赚便宜,因为有的人睡了一晚就后悔了,累了,想家了,第二天早上结账走人。

我不后悔,当然也不想家。我相当愿意把坎特伯雷旅馆当成自己的家,直到马克不堪照顾孩子的重担,来找我和解。

这里的安全事项繁琐到我几乎没听明白——房门钥匙,大门钥匙——外加停车规则,访客规则,这个规则,那个规则。我告诉那个女人,我不会有访客。

晚上我在坎特伯雷旅馆阴郁的餐厅吃晚饭,第一次见到了旅馆里的其他住客,他们都像是直接从威廉·特雷弗[①]或者缪丽尔·斯帕克[②]的书里走出来的人物。但毫无疑问,我在他们看来也是一样:又是一个从糟糕的婚姻里逃出来的人。我早早上床,睡得很好。

我以为自己会很享受刚刚获得的独处时光。我开车进城,买了点东西,在国家美术馆看了一场展览,在花园区吃了午饭。但是第二天晚上,我吃了一顿糟糕的晚饭,黏糊糊的沙拉和水煮鳎鱼配白汁,吃完以后我独自在房间里,突然被孤独感压倒,还有比孤独更糟的自怜自艾。我用大堂里的公用电话打给约翰,压低声音(前台接待员在偷听),告诉他我的处境。

"要不要我过来陪你?"他说,"我们可以去看晚场

---

① 威廉·特雷弗(William Trevor,1928—2016),爱尔兰作家和剧作家,被广泛认为是当代最伟大的英语短篇小说作家之一。

② 缪丽尔·斯帕克(Muriel Spark,1918—2006),苏格兰小说家,最著名的作品是《布罗迪小姐的青春》。

电影。"

"好的,"我说,"好的,好的,好的。"

我尽量坚定地重复,我离开丈夫和孩子不是为了和约翰在一起。我们之间不是那种婚外情。事实上根本不能算是婚外情,而更像是友谊,是与性伴侣的婚外友谊,至少从我这方面说来,这位性伴侣的重要性,象征意义要大于实际意义。和约翰睡是我重获自尊的方式。我希望你能理解。

尽管如此,尽管如此,他刚到坎特伯雷旅馆不过几分钟,我们就在床上了,而且——更过分的是——我们的做爱只有这一次真的值得写。结束时我甚至落泪了。"我不知道我为什么哭,"我抽泣着说,"我太快乐了。"

"因为你昨晚没怎么睡,"他说,他想着应该安慰我,"因为你太疲惫了。"

我盯着他。因为你太疲惫了:他好像真的相信如此。我震惊了,他怎么会如此愚蠢,如此迟钝。而以他固执己见的方式来看,或许他是对的。因为我的自由之日被不断袭来的回忆影响,和马克对峙的羞辱回忆,让我感觉像一个被打的孩子,而不是犯错的配偶。如果不是因为这个,我或许不会给约翰打电话,也就不会和他上床。所以,是啊:我心烦意乱,为什么不呢?我的世界被颠覆了。

我的不安还有另外一个原因,甚至更难以面对:我因为被马克发现而感到羞耻。如果冷眼旁观,那么我在康斯坦蒂亚山的家里报复性的小小婚外情,和马克在德班的小小出轨一样卑劣。

事实是,我触及了某种道德底线。离家出走的兴奋劲儿已经过去了,愤怒的情绪也消退了,独自生活的诱惑正在飞快逝去。然而如果我不夹着尾巴回去找马克,寻求和解,继续我作为一个悔过自新的妻子和母亲的责任,我如何能够修补裂痕?在精神如此混乱的情况下,做爱却刻骨甜蜜!我的身体在试图告诉我什么?一旦放下防备,通往快乐的大门就会打开?婚床不宜私通,旅馆更为合适?我不知道约翰的感受,他向来不是一个乐于倾吐的人;但是我自己知道,刚刚经历的半个小时毫无疑问会成为我性爱生活的里程碑。事实也确实如此。直到今天。否则我为什么还要说起呢?

(沉默。)

我很乐意把这个故事说给你听。现在我对舒伯特的事没那么愧疚了。

(沉默。)

不管怎样,我在约翰的怀里睡着了。醒来的时候天还黑着,我一点也想不起来自己在哪里。克里斯,我想——我彻底忘了喂克里斯!我甚至去摸灯的开关——摸错地方——然后我才回过神来。我独自一人(约翰不见了);那是早上六点。

我在大厅给马克打电话。"喂,是我,"我用最不带感情最平和的语气说,"抱歉那么早打扰,但是克里斯还好吗?"

马克没有要和解的意愿。"你在哪里?"他问。

"我在温伯格,"我说,"我住进了旅馆。我觉得我俩应该缓缓,冷静一下。克里斯好吗? 你这个星期有什么计划? 你要去德班吗?"

"我怎么安排我的时间不关你事,"他说,"你不想回来就别回来。"

哪怕是在电话里我都能听出他仍然怒气冲冲。马克发火的时候念爆破音会破音:不关你事,念出不的时候喷出怒不可遏的气息,让人不由眯起眼睛。所有关于他不好的记忆都涌上心头。"别傻了,马克,"我说,"你不懂怎么照顾孩子。"

"你也不懂,你这个臭婊子!"他说,重重挂断电话。

那天上午晚些时候,我去商店,发现我的银行账户被封了。

我开车去了康斯坦蒂亚山。我的钥匙能打开锁,但是门上了两重锁。我不断敲门。没有回音。也不见玛利亚。我绕着房子转了一圈。马克的车不在,窗户锁着。

我打电话到他办公室。"他在德班分部。"接线员女孩说。

"他家里有急事,"我说,"你能不能帮我联系德班,给他留个话? 让他尽快给妻子回电话,打这个号码。就说是紧急情况。"我留下了旅馆的电话号码。

然后我等了几个小时,没有接到电话。

克里斯在哪里? 我最需要知道的是这个。难以相信马克会带着孩子去德班,但如果他没有带她去,他是怎么安置她的?

我直接打电话去德班。秘书回答我说他不在,马克不在德班,这个星期他都不会在这里。问我有没有试过联系开普省办公室。

我情急之下打电话给约翰。"我丈夫带着孩子跑了,消失得无影无踪,"我说,"我没有钱,不知道该怎么办。你有什么办法吗?"

大厅里有一对上了年纪的夫妇,也是住客,他们公然地听我讲话。但我已经不在乎别人知道我的不幸了。我想哭,却反而笑了起来。"他带着我的孩子跑了,因为什么?"我说,"这个"——我指指周围,指着坎特伯雷旅馆(住宿旅馆)内部——"我就是为了这个遭受惩罚吗?"接着我真的开始哭。

约翰在几公里外看不到我的手势,因此(我后来才意识到)肯定对我说的"这个"产生了相当不同的理解。他一定认为我指的是我和他之间的事情——认为我的意思是我们之间的事不值得闹成这样。

"你要不要去报警?"他说。

"别闹了,"我说,"我不能自己离开丈夫,然后又回过头去指责他偷了我的孩子。"

"那你要不要我过来接你?"我能听出他语气里的小心翼翼。我能理解。换作是我,和一个歇斯底里的女人通电话,我也会小心翼翼的。但是我不需要小心翼翼,我想要回我的孩子。"不用,不用来接我。"我打断了他。

"你至少吃点东西吧?"他说。

"我不想吃东西,"我说,"这种愚蠢的对话我实在是受够了。抱歉,我不知道为什么要打电话给你。再见。"我挂上电话。

我不想吃东西,但是我不介意喝一点:比如一杯浓烈的威士忌,然后死死睡一觉。

我刚刚在房间倒下,用枕头盖住头,就听见有人在敲那扇法式玻璃门。是约翰。我们交谈了几句,我就不复述了。简而言之,他把我带回东海路,让我睡在他的房间里。而他自己睡在客厅的沙发上。我多少有些期待他晚上会进来陪我,但是他没有。

我在轻声细语中醒来。太阳已经出来了。我听到前门关上的声音。然后是长时间的寂静。这幢陌生的房子里只剩下我一个人。

卫生间很简陋,马桶不干净。空气里有一股难闻的男性汗液和湿毛巾的味道。约翰去哪里了,他什么时候回来,我不知道。我自己做了咖啡,然后四处看看。从一间房间到另一间房间,天花板都矮得让我窒息,这只是一间农舍,我知道,但为什么像是给侏儒住的。

我看了看老库切的房间。灯还亮着,天花板中央孤零零地悬着一只昏暗的灯泡,没有灯罩。床没有铺。床边桌上摆着一份报纸,翻在填字游戏那一面。墙上挂着一张挺业余的画,画的是开普敦荷兰区一幢粉刷过的农舍,还挂着一张镶着镜框的照片,照片里有一个面容严肃的女人。窗户小小的,装着铁栅栏,望出去是空荡荡的门廊,只放着两张帆布躺椅,和一排枯萎的盆栽蕨类植物。

约翰的房间,就是我昨晚睡过的,更大也更明亮。书架上面放着字典,常用语手册,各种自学类的书籍。贝克特的书,卡夫卡的书。文稿胡乱摊放在桌上。有一个文件柜。我漫无目的地翻看抽屉。我在最下面的抽屉里翻到一盒照片。我在找什么?我不知道。只有找到了才知道。但是我要找的东西不在那里。大部分照片都是他念书时拍的:运动队合影,班级肖像。

我听到前门有响声就走了出去。天气美好,天空湛蓝。约翰正从卡车上卸下几张镀锌铁皮屋顶。"抱歉把你一个人留在这里,"他说,"我得去拿这些东西,不想吵醒你。"

我拖了一把躺椅躺到太阳底下,闭上眼睛,沉浸在小小的白日梦里。我不打算抛弃我的孩子。我不打算结束婚姻。然而,如果我这样做了呢?如果我忘了马克和克里斯,在这个丑陋的小房子里安顿下来,成为库切家的第三个成员,成为他们的附属品,成为两个小矮人的白雪公主,为他们做饭,打扫,洗衣,甚至还帮忙维修屋顶?我的伤口要多久才能愈合?我真正的王子,我梦中的王子,要多久才能骑马到来,他会认出我来,把我拉上他的白马,带我驶入夕阳。

因为约翰·库切不是我的王子。我终于说到这里。如果你带着这样的疑问来到金斯顿①——这是不是又一个误将约翰·库切当成她的秘密王子的女人——那么你现在得到答案了。约翰不是我的王子。不仅如此:如果你一直在

---

① 金斯顿(Kingston),加拿大安大略省东南部的一座城市。

仔细听的话,那么你现在一定能理解,对于世界上任何一个少女来说,他都不太可能是王子,是令人满意的王子。

你不赞同?你觉得正相反?你觉得错误在我,不在他——是我的错,我的不足?那么,回想一下他写的书。在一本又一本书中不断出现的一个主题是什么?是女人不爱男人。男人或许爱女人,或许不爱,但是女人从来没爱过男人。你觉得这个主题反映了什么?我的猜测,我相当有根据的猜测是,这反映了他的生活经历。女人不爱他——头脑正常的女人不爱他。她们观察他,研究他,或许甚至尝试和他在一起。但接着她们继续自己的生活。

她们继续自己的生活,和我一样。我本可以留在东海路,像我说的那样,扮演白雪公主的角色。这个念头不无吸引力。但是最终我没有这么做。约翰对我来说是生命中一段困难时期出现的朋友,他是我有时会倚靠的拐杖,但他不可能成为我的爱人,真正意义上的爱人。因为需要两个完整的人才能成就真爱,这两个人得合适在一起,得彼此契合。像阴和阳。像电源插头和电源插座。像男性和女性。他和我不契合。

相信我,这些年来,我思考了很多有关约翰和他这种类型的男人的事情。我现在要告诉你的,都经过了深思熟虑,我不希望带有恶意。因为,正如我所说,约翰对我来说很重要。他教会我很多事。他是我的朋友,即便在我和他分手以后,他依然是我的朋友。我情绪低落的时候,他总是和我开玩笑,让我振作。他曾经让我体验到出乎意料的性高潮——仅此一次,哎呀!但事实是,约翰不是为爱而生的,他不是以那种方式造就的——不是为了去契合别人或者被别人契合。他像是一个球体。像是一个玻璃球。没有办法和他连接。这是我的结论,我慎重的结论。

对此你或许并不吃惊。你或许认为艺术家,男性艺术家,普遍都是这样:他们不是为了我所谓的爱而生的;他们不能或者不愿彻底交付自我,原因很简单,他们得为艺术保留自我秘密的本质。我说得没错吧?你是不是这样想的?

我是否认为艺术家不是为爱而生?不。不一定。我在这个问题上尽量不下定论。

嗯,如果你真的打算完成这本书,你就不能永远不做判断。思考一下。我们讨论的这个男人即便在最亲密的人类关系中也无法与人产生连接,或者只能短暂地、断断续续地连接。然而他如何维生?他写有关人类亲密关系体验的报道,专业报道,以此维生。因为小说就是关于这个的——不是吗——关于亲密关系体验。小说与诗歌或者绘画相反。你不觉得奇怪吗?

(沉默。)

我已经对你敞开心扉,文森特先生。比如舒伯特的事情在你之前我从没和任何人说起过。为什么不说?因为我觉得这会让约翰显得太可笑。除非是彻头彻尾的蠢货,不然谁会让自己爱着的女人从已故作曲家那里学习如何做爱,还是那种维也纳的 Bagatellenmeister①? 男人和女人相爱的时候会出于本能创造自己的音乐,不需要学习。但是我们的朋友约翰做了什么? 他将第三者带入卧室。弗朗茨·舒伯特是一号角色,是爱情大师;约翰是二号角色,是大师的信徒和执行者,我是三号角色,是用来弹奏性爱之乐的乐器。这——在我看来——道出了你需要知道的有关约翰·库切的一切。这个男人错把自己的情人当成小提琴。他或许也以同样的方式对待生命中的其他女人:错把她当成这样或那样的乐器,小提琴,巴松管,定音鼓。谁会那么蠢,那么脱离现实,他无法分辨在一个女人身上演奏和爱一个女人的区别。这样一个男人还爱过很多人。让人不知道该哭还是笑!

这就是为什么他从来不是我的白马王子。这就是为什么我从没有让他把我拉上他的白色坐骑。因为他不是王子,只是青蛙。因为他不是完整意义上的人类。

我说了我会对你坦诚相告,我说到做到。我再坦白告诉你一件事情,就一件,然后我就不说了,到此为止。是有关我试图向你描述的那个夜晚,在坎特伯雷旅馆的夜晚,经过一切尝试之后,我们两个人终于发生了正确的化学反应,产生了正确的结合。你或许会问——我自己也会问——如果约翰是青蛙而不是王子的话,我们是如何做到的?

让我告诉你我现在是如何看待那个关键性的夜晚的。我说过,我感到受伤,困惑,极度忧虑。约翰发现了或者猜

---

① 德语,意为不入流的作曲家。

到了我的情况,破例敞开心扉,那颗他平常包裹在盔甲里的心。我和他都敞开心扉,融入彼此。对他来说第一次打开心扉,可以并且应该成为巨变的标志,是我俩共同的新生活的开始。然而实际上发生了什么?半夜约翰醒来,看见我睡在他身边,脸上无疑有着平静,甚至是幸福的神情,那是在现实世界中不可获得的幸福。他看见我——看见我那一瞬间的模样——吓到了,匆匆给心脏重新穿上盔甲,绑上锁链和一把双重锁,偷偷潜入黑暗。

你认为在这件事情上我能轻易原谅他吗?你说呢?

要我说的话,你对他稍稍有点狠心。

不,我没有。我只是说出了真相。不管真相多么残酷,不说出真相就永远无法治愈。就这样了。这是我能为你的书提供的全部内容。瞧瞧,已经快八点了。你得走了。你早上还要赶飞机。

还有一个问题。一个简短的问题。

不行,绝对不行,别再问问题了。我已经给了你足够长的时间。结束。Fin①。走吧。

采访于安大略省金斯顿

2008 年 5 月

---

① 法语,意思是结束。

玛 格 特

　　琼克太太,我先知会你一下自去年十二月我们见面以来我的工作进展。我回到英国以后整理了我们的对话录音。我请一位南非来的同事帮忙检查了所有南非语词语是否拼写正确。然后我做了一些相当彻底的修改,希望你能认同。我删去了自己穿插的话,以及我的提示和问题,让整篇文章读起来仿佛是以你的口吻进行的未经打断的叙述。

　　我现在希望能和你一起读一遍新的版本,听听你的意见。你觉得如何?

　　好的。

　　还有一个问题。因为你告诉我的故事很长,比我预期的长,所以我在各处都做了一些戏剧化的处理,为了多样性,让各种人都能以自己的口吻说话。等我们往下读你就会明白我的意思。

　　好的。

我们开始吧。

以往每逢圣诞节期间,一大家子人都会来家庭农场相聚。格里特·库切和雷妮·库切的儿女们从四面八方会聚到百鸟泉农场①,带着他们的配偶和后代,每年都有更多的后代加入,整整一个星期里,那里充满欢声笑语和怀旧的气氛,最重要的是大吃大喝。对于男人们来说还是打猎季节:打野鸟,猎羚羊。

然而时至今日,到了二十世纪七十年代,这样的家庭聚会越来越少,令人悲伤。格里特·库切已经去世很久,雷妮在海滨的一间疗养院里步履蹒跚。他们的十二个儿女里,长子已经步入了重重鬼影;私下里——

重重鬼影?

听上去太浮夸了? 我会改掉。长子已经与世长辞。私底下,活着的人也都感受到了死亡的征兆,战战兢兢。

不行,我不喜欢这种说法。

你是说"战战兢兢"? 没问题。我会删掉。长子已经与世长辞。活着的人之间,玩笑越来越压抑,追忆越来越悲伤,饮食越来越克制。至于打猎的那伙人,都已经不在了:

---

① 百鸟泉(南非语 Voëlfontein)是位于南非卡鲁地区的农场,库切曾经在自传体小说《男孩》中描述过自己对百鸟泉农场的感情。

老家伙们身体不行了,而且经过年复一年的干旱,草原上已经没什么东西值得猎杀。

至于第三代,儿女们的儿女们,如今他们大部分人都有自己的事情要忙,或者对大家庭过于漠不关心。今年那代人里只来了四个人:她的表哥米契尔,他继承了农场;她来自开普敦的表弟约翰;她的妹妹卡罗尔;还有她自己,玛格特。这四个人中间,她怀疑只有她自己还对过去的日子抱有怀旧之情。

我不明白。你为什么要把我说成是她。

这四个人中间,她——玛格特——怀疑,只有玛格特自己还对过去的日子抱有怀旧之情……听起来很别扭。不能这么写。我在这里用她指代我,但又不是我。你真的很不喜欢吗?

我觉得有点费解。但是这方面你更在行,继续吧。

约翰出现在农场引起了不安。他在海外待了很多年——太多年了,大家都认为他不会回来了——但是他突然再次出现在他们中间,似乎是惹了麻烦,牵扯到不光彩的事情。私底下有传言说他在美国的监狱里待了一段时间。

家里人不知道该如何对待他。他们中间从未有过罪犯,如果他真是一个罪犯的话。有过一个破产的,没错:娶了她姨妈玛丽的那个男人,是一个夸夸其谈的酒鬼,家里人从一开始就不看好他,他宣布破产以逃避债务,自此以后再也没有工作过,待在家里游手好闲,靠妻子的收入过活。破产说来很难听,却不是犯罪;然而坐牢毕竟是坐牢啊。

她自己的感觉是库切家的人应该更努力地让这位迷途羔羊感到温暖。她对约翰怀有缠绵的柔情。他们还是孩子的时候曾经公开说过长大以后要和对方结婚。他们认为这是可以的——为什么不行呢?他们不理解大人为什么听了直笑,却不告诉他们为什么笑。

我真是这么和你说的?

是啊。你想删掉吗?但我很喜欢。很可爱。

好的,留着吧。(笑。)继续。

她的妹妹卡罗尔却有着完全不同的想法。卡罗尔嫁给了一个德国工程师,几年来他们夫妇都在想方设法离开南非去美国生活。卡罗尔说得很清楚,不管约翰是不是严格意义上的罪犯,她不希望自己在美国的档案中和触犯当地法律的人扯上关系。但是卡罗尔对约翰的敌意比这个更深。她认为约翰做作傲慢。卡罗尔说,约翰接受了高等 engelse(英语)教育,看不起库切家所有人。她不明白他为什么要回来过圣诞对他们示好。

她,玛格特,为妹妹的态度感到苦恼。她认为自从她妹妹结婚并且进入丈夫的社交圈以后,就变得越来越铁石心肠,那个社交圈是由德国和瑞士的流亡者组成的,二十世纪六十年代他们为了赚快钱来到南非,既然这个国家正经历风浪,他们打算弃船而逃。

我不知道。我不知道能不能让你这么说。

嗯,不管你如何决定,我都会听从。但这是你逐字逐句告诉我的。你要记住,你妹妹不会读到一本英国学术机构出版的冷僻的书。你妹妹现在在哪里?

她和克劳斯住在佛罗里达一个叫圣彼得堡的镇上。我从没去过。至于你的书,说不定她的某个朋友会看到并且寄给她——这可说不好。但这不是最重要的。去年和你聊的时候,我以为你只会整理一下我们的采访,我不知道你会彻底改写。

也不完全是这样。我并没有改写,我只是更换了一种形式,将其变成了叙述体。新的形式不会对内容造成影响。如果你觉得我是在随意篡改内容本身,那就是另外一回事了。你是否认为我过于随意?

我不知道。有些地方听起来不太对劲,但我现在还说不上来。我只能说,你的版本听起来不像是我告诉你的。但我现在先不说,我等最后再做决定。你继续吧。

好的。

如果说卡罗尔心肠太狠，那她就是心肠太软，她自己也承认。她是那种人，新出生的小猫被淹死时她会哭，待宰的羔羊害怕得咩咩叫时她会捂住耳朵。她小时候还担心因此被讥笑，但是现在她都已经三十五六岁了，不太确定自己是否应该为心软而感到羞愧。

卡罗尔声称不理解约翰为什么要参加家庭聚会，但是在她看来，理由显而易见。他是带父亲回来故地重游，尽管他的父亲不过六十来岁，却看着像一个老人，仿佛已经快不行了——他把父亲带回来，好让父亲振作精神，即便无法振作，至少可以与这里告别。在她看来，这是子女的责任，她完全赞同。

她在杂物工棚后面找到约翰，他在那里摆弄车，或者假装在摆弄车。

"车出什么问题了？"她问。

"引擎过热，"他说，"我们不得不在杜托峡谷停了两次，让引擎冷却。"

"你应该让米契尔看看。他很懂车。"

"米契尔忙着招待客人。我自己能修好。"

她猜想米契尔正盼着能找到借口逃离那些客人，但是她没有强迫约翰。她太了解男人的执拗了，男人宁可和一个问题无止境地缠斗，也不愿意丢脸找另外一个男人来帮忙。

"你在开普敦就开这辆车吗？"她说。她是指这辆载重一吨的达特森皮卡，这种轻型卡车让她想起农民和建筑工人。"你干吗要开卡车?"

"这车很有用。"他草草回答,没有解释有什么用。

他开着这辆车来到农场的时候,她忍不住要笑,他不修边幅的胡子和头发,猫头鹰式样的眼镜,而他的父亲坐在旁边好像一具木乃伊,拘谨,尴尬。她真希望当时能拍下一张照片。她还希望能和约翰说说他的发型。但他们之间还未破冰,亲密的交谈要再等等。

"好吧,"她说,"我奉命来喊你去喝茶,还有乔伊阿姨自己烤的 melktert①。"

"我马上就来。"他说。

他们在一起时说南非语。他的南非语说得结结巴巴,她怀疑她的英语说得比他的南非语好,尽管她生活在偏远地区,所谓的 platteland②,很少有机会说英语。但是他们从小就在一起说南非语;她不想改变,让他难堪。

她把他南非语的退化归咎于他几年前的迁徙,先去了开普敦念"英语"学校和"英语"大学,接着去了国外,一句南非语都听不到。In'n minuut(马上就来)③,他说。这种没礼貌的回答要是让卡罗尔听到,会立刻揪住不放,取笑一番。"In'n minuut sal meneer sy tee kom geniet.(阁下马上就来享用下午茶。)"卡罗尔会说。她必须保护他不被卡罗尔嘲笑,或者至少请求卡罗尔在这几天里放过他。

---

①　南非语,意思是牛奶馅饼。

②　南非语,意思是乡村。

③　原文中此处又插入英语解释,所以将解释附加于括号中,后面也做相同的处理。

吃晚饭时她特意坐在他的旁边。晚餐是中午吃剩下的大杂烩:冷羊肉,加热的米饭,醋汁拌四季豆。

她注意到肉盘从他这里递过去的时候他自己没有盛肉。

"你不吃点羊肉吗,约翰?"卡罗尔在桌子那头用甜甜的关怀的口吻说。

"今晚不吃,谢谢,"约翰回答,"Ek het my vanmiddag dik gevreet.(我下午吃多了,撑得像头猪。)"

"这么说你不是素食主义者吧。你没有在国外变成素食主义者。"

"不是严格的素食主义者。Dis nie'n woord waarvan ek hou nie. As 'n mens verkies om nie so veel vleis te eet nie…(我不喜欢这个词语,如果一个人选择不吃很多肉……)"

"Ja?"卡罗尔说,"As 'n mens so verkies, dan…(如果你选择这样,那么——然后呢?)"

所有人都盯着他。他开始脸红。他显然不知道该如何转移大家善意的好奇心。如果他比一个健康的南非人看起来更苍白更消瘦,可能不仅仅是因为他在北美的冰天雪地里逗留太久,而且他太久没有吃到上好的卡鲁羊肉? As'n mens so verkies——他接下来要说什么?

他脸红得无可救药。一个成年男人脸红起来却像小女孩一样! 得帮帮他。她伸出鼓励的手摁住他的胳膊。"Jy wil seker sê, John, ons het almal ons voorkeure.(我们都有自己的偏好。)"

"Ons Voorkeure(我们的偏好),"他说,"Ons fiemies

（我们傻傻的怪念头）。"他叉起一根四季豆送进嘴里。

正是十二月，十二月里，晚上九点以后才天黑。即便天黑以后——高原上的空气保持着未受污染的清澈——月亮和星星的光芒仍能照亮人们的脚步。于是晚饭后她和他去散步，绕了很大一圈以避开那片农场工人居住的小屋。

"谢谢你在饭桌上救了我。"他说。

"你知道卡罗尔这个人，"她说，"她眼睛很尖。眼睛尖，嘴巴刻薄。你父亲还好吗？"

"他很消沉。你肯定知道，他和我母亲的婚姻不算最幸福。即便如此，我母亲去世以后，他就垮了——闷闷不乐，不知道该做些什么。他那一代的男人多多少少有些无能。如果身边没有女人煮饭和照顾他们，他们就过不下去了。如果我不照顾他，他会饿死。"

"他还在工作吗？"

"是的，他还在给那个汽车配件经销商干活，尽管我认为他们已经暗示他应该退休了。他对体育的兴趣倒是不减。"

"他不是板球裁判吗？"

"以前是，现在不是了。他的视力下降得厉害。"

"你呢？你不也打板球吗？"

"是啊。事实上我还在星期日联队打比赛。那里的水平相当业余，适合我。说来奇怪，他和我，两个阿非利卡人却热衷于一项我们都不太擅长的英国运动。我在想这说明了什么。"

两个阿非利卡人。他真的觉得自己是阿非利卡人吗？

她不知道有多少真正(egte)的阿非利卡人会把他看作自己的一员。即便是他的父亲也经不起仔细推敲。要成为一名阿非利卡人,至少要为国民党投票,星期天要去教堂。她无法想象她这位表弟穿上西装打上领带去教堂。也无法想象他父亲这么做。

他们来到水库。水库过去曾用一台风泵蓄水,但是在势头景气的那几年里,米契尔安装了柴油泵,老的风泵被丢在一旁任其生锈,因为当时大家都这么做。如今油价飙升,米契尔或许得重新考虑这个问题。恐怕到头来还是得依靠上帝之风。

"你还记得吗?"她说,"我们小时候常来这里。"

"我们用筛子抓蝌蚪,"他继续往下说,"然后把蝌蚪装在水桶里带回家,第二天早上蝌蚪全死了,我们永远也不知道是为什么。"

"还有蝗虫,我们也抓蝗虫。"

她后悔自己提到了蝗虫。因为她想起蝗虫的命运,或者说其中一只蝗虫的命运。约翰从瓶子里抓出一只被困的蝗虫,她在一旁看着,他稳稳地拽住虫子长长的后腿,直到腿被扯落,干巴巴的,没有血或是对蝗虫来说算是血的东西。他松开那只虫子,他们看着它。每次虫子试图飞起来,都会往一边侧翻,在尘土里胡乱扇动翅膀,剩下的一条后腿徒劳地往后蹬。杀了它!她冲他叫。但是他没有杀它,只是面带厌恶地走开了。

"你还记得吗?"她说,"有一次你把一只蝗虫的腿扯断了,却留给我来杀?我非常生你的气。"

"我生命中的每一天都记得这件事，"他说，"每天我都在祈求这个可怜的小东西的宽恕。我对它说，我当时还是个孩子，无知的不分是非的孩子。卡根①，我说，请原谅我。"

　　"卡根？"

　　"卡根。这是螳螂的名字，是螳螂之神。或许不是蝗虫，但蝗虫能理解。在死后的世界里没有语言问题。这就像是重返伊甸园。"

　　螳螂之神。他把她弄糊涂了。

　　晚风穿过废弃的风泵风叶发出呜咽声。她冷得发抖。她说："我们得回去了。"

　　"再等一会儿。你有没有读过尤金·马雷②的一本书，关于他在瓦特贝赫观察一个狒狒群落的那一年？他声称当夜幕降临，狒狒停止觅食，安静下来注视落日时，他能察觉到它们的眼睛里，至少那些年长的狒狒的眼睛里，有忧伤的痕迹。这是它们第一次意识到万物终有一死。"

　　"这是落日让你想到的吗——万物终有一死？"

　　"不是。但是我忍不住想起和你的第一次交谈，第一次有意义的交谈。我们当时只有六岁。我不记得我们确切说了什么，但是我知道我向你倾吐了心声，告诉了你有关我的一切，我

───────────

① 卡根（Kaggen）是南非南部卡姆人（Xam）的造物主和民间英雄，是能变形的神，通常采用螳螂的形态。

② 尤金·马雷（Eugène Marais, 1871—1963），南非诗人、作家、博物学家。他曾在瓦特贝赫地区（即比勒陀利亚的野生地区）长期观察过狒狒部落，并著有《我的朋友狒狒》（*My Friends the Baboons*）和《人猿的灵魂》（*The Soul of Ape*）等书。

全部的希望和渴求。当时我在想,这就是所谓坠入爱情!因为——让我坦白告诉你——我当时爱着你。自那天起,爱一个女人,就意味着自由地向她吐露我心中的一切。"

"你心中的一切……这和尤金·马雷有什么关系?"

"我只是明白了那只年迈的公狒狒望着落日时在想什么,它是群落的领袖,和马雷最亲近。永无来生,它在想,只此一世,永无来生。永无,永无,永无。这也是卡鲁对我造成的影响。它让我满怀忧伤。卡鲁毁了我的一生。"

她仍然不明白狒狒们和卡鲁或者他们的童年岁月有什么关系。但是她不打算往下说。

"这个地方让我的心灵遭受痛苦,"他说,"我还是个孩子的时候就感到痛苦,我自此再也没有好过。"

他的心灵在遭受痛苦。她对此一无所知。她心想,她曾经不用别人说就很能知晓他们的心声。这是她的特殊天赋:meegevoel(共情)。但现在不行了,唉,再也不行了!她长大了,越长大越拘谨,仿佛一个从未被人邀请跳舞的女人,星期六晚上在教堂大厅的凳子上徒劳地等待,等到有哪个男人出于礼貌伸出手时,她已经索然无趣,只想回家。多么震惊!多么意想不到!她的表弟始终记得孩提时代多么爱她!这么多年都没有忘记!

(叹息。)我真的说过这些话?

(笑。)你说过。

我太草率了！（笑。）没事,继续吧。

"别告诉卡罗尔!"他——约翰,她的表弟——说,"别告诉她我对卡鲁的感受,她那张刻薄的嘴。要是你告诉了她,她肯定说个没完。"

"你和狒狒的事情,"她说,"不管你信不信,卡罗尔也是有心肠的。但我不会把你的秘密说出去。好冷啊。我们回去好吗?"

他们远远绕过农舍工人的住处。炉火里的炭在黑暗中闪耀着点点红光。

"你打算在这里待多久?"她问,"会留在这里过新年吗?"Nuwejaar(新年):对 volk(人民)来说,是大日子,比圣诞节还热闹。

"不,我没法待那么久。我在开普敦还有事情要做。"

"那为什么不把你父亲留下,过段时间再回来接他呢?给他点时间放松放松,调理身体。他看起来情况不好。"

"他不会留下来的。我父亲天性不安分。不管他待在哪个地方,都会想去另外一个地方。年纪越大越不安分。像是一种痒。他待不住。而且他还有工作要回去做。他很看重自己的工作。"

农舍静悄悄的。他们从后门溜进去。"晚安,"她说,"睡个好觉。"

她回到房间以后匆匆上床。她想趁妹妹和妹夫回房间前睡着,或者至少假装睡着。她不想被问起和约翰散步的时候发生了什么。卡罗尔只要一有机会,就会从她嘴里撬出故事。我六岁的时候爱上了你；你为我确立了我对其他女性的爱情模式。怎么能这样说呢！真的，这是何等的赞扬！而她自己呢？当他燃烧着早熟的热情时，她六岁的心里又在想什么？她答应嫁给他，没错，但她是否认为他们在相爱？如果是这样，她一点也想不起来。那么现在呢——现在她对他是什么感觉？他的表白当然令她心动。她的这位表弟真是一个性格古怪的人啊！他的古怪不是遗传自库切家这一边，她很肯定，毕竟她自己也是半个库切，所以一定是遗传自他母亲那边，来自迈尔斯家族，或者类似的姓氏，来自东开普的迈尔斯。迈尔或者梅尔或者梅玲。

她想着想着睡着了。

"他太傲慢了，"卡罗尔说，"他太在意自己。不愿屈尊与普通人交谈。他没在捣鼓他那辆车的时候，就坐在角落里看书。他干吗不剪剪头发？我每次看到他都恨不得把一只布丁碗盖在他头上，剪掉那些丑陋的油腻的头发。"

"他的头发不油腻，"她反对，"只是太长了。我想他是用洗手皂洗了头发，所以头发乱蓬蓬的。而且他不是傲慢，他是害羞。所以他自己待着。你和他聊聊，他其实是一个有趣的人。"

"他在和你调情。谁都看得出来。你也在和他调情。你是他的表姐！你应该感到羞耻。他干吗不结婚？你觉得他是同性恋吗？还是 moffie①？"

---

① 南非俚语，有女性气质的或者同性恋的男人。

她向来分辨不清卡罗尔说的是真心话，还是只为激怒她。即便是在农场，卡罗尔依然穿着时髦的白色阔腿裤、低胸短上衣、高跟鞋，戴着沉甸甸的手镯。她说她的衣服都是和丈夫在法兰克福出差时买的。她的打扮自然让他们其他人显得非常老土、过时，一群乡下表亲。她和克劳斯住在桑顿区①一幢英美人的公馆里，有十二间房间，他们不用付房租，还有马厩、打马球的小马和一位负责照料的马夫，尽管他俩都不会骑马。他们没有孩子；但卡罗尔告诉她，等他们好好安顿下来就会要孩子。好好安顿是指在美国安顿下来。

　　卡罗尔曾经透露，她和克劳斯在桑顿区的大房子里干了不少出格的事。她没有说是什么样出格的事，玛格特也不想问，但应该是和性有关。

　　我不会让你写这些的。你不能这样写卡罗尔。

　　这是你告诉我的。

　　没错，但你不能把我说的每个字都写下来并公布于众。我绝对不会同意。不然卡罗尔以后再也不会理我。

　　好的，我会删掉，或者缓和一下语气，我保证。先听我念完。我能继续吗？

继续吧。

卡罗尔彻底和自己的根源断裂了。她不再是过去那个plattelandse meisie(乡村女孩)。要说她现在的模样,她看上去像是德国人,古铜色的皮肤,精心修剪的金发和显眼的眼线。威严,气势十足,才刚刚三十岁。一副穆勒医生夫人的派头。如果穆勒医生夫人决定用桑顿区的做派和表弟约翰调情,约翰多久会就范?约翰说,爱意味着能够对所爱之人敞开心扉。卡罗尔对此会怎么说?关于爱,卡罗尔能给她的表弟上上课,她肯定——至少能教教他什么是更出格的爱。

约翰不是 moffie:凭她对男人的了解足以分辨。但他有种冷酷或者冷漠的东西,那种东西即使不能称为无性,也至少是中性,正如孩子在性方面是中性的一样。他的生活中肯定有过女人,如果不是在南非,就是在美国,尽管他对此只字未提。他的美国女人是否得以见到他的心性?如果他习惯于此,习惯于敞开心扉,那他真是非比寻常:根据她的经验,对男人来说,没有比这更难的了。

她自己结婚十年。十年前她离开卡那封①,她曾在那里一间律师事务所做秘书,然后搬去了新郎家的农场,农场位于罗杰维尔②地区的米德尔波斯村庄东部,如果她足够

---

①　卡那封(Carnarvon),南非中部城镇。
②　罗杰维尔(Roggeveld),南非北开普省卡鲁地区的一片高原。

幸运,上帝眷顾她,她将在那里度过余生。

农场是他俩的家,家和 Heim①,但是她不能如愿待在家里。在贫瘠干旱的罗杰维尔,牧羊业已经赚不到钱了,为了帮忙维持生计,她不得不重新出去工作,这次是在卡尔维尼亚②的一家旅馆当会计。一周工作四个晚上,周一到周四,她住在旅馆;周五她的丈夫从农场开车过来接她,周一天刚破晓再把她送回卡尔维尼亚。

尽管每周的分离让她心痛,她痛恨糟糕的旅馆房间,有时候她忍不住掉眼泪,把头埋在胳膊里哭,但她和卢卡斯的婚姻称得上是幸福。不仅是幸福,还是幸运的,被祝福的。她拥有好丈夫,拥有美满的婚姻,但是没有孩子。不是他们有意不要,而是命运的安排,是她的命运,她的错。她们两姐妹,一个不育,另外一个尚未安顿。

一个好丈夫,却紧闭心扉。封闭的心灵是男人的普遍苦恼,还是只有南非男人才这样?德国人——比如说卡罗尔的丈夫——会不会好一些?此刻克劳斯正和联姻的库切家亲戚在门廊里抽方头雪茄(他随意分发自己的方头雪茄,但对库切家的人来说,他的 rookgoed③ 太古怪太洋派了),津津有味地讲述自己和卡罗尔在采尔马特④滑雪的趣事,丝毫不为自己又大声又幼稚的南非语感到难为情。私底下在他们桑顿的家里,克劳斯是否会不时

---

① 南非语,意思是家庭。
② 卡尔维尼亚(Calvinia),南非北开普省西部城镇。
③ 南非语,意思是烟卷。
④ 采尔马特(Zermatt),位于瑞士的滑雪胜地。

用油滑、轻松和自信的欧洲风范向卡罗尔敞开心扉？她对此表示怀疑。她怀疑克劳斯有多少心事可以展现。她没怎么见过这方面的迹象。然而库切一家不管是男人还是女人至少都是怀着心事的。事实上，有时候，他们有些人简直是心事重重。

"不，他不是一个 moffie，"她说，"你去和他聊聊就知道了。"

"你下午想不想坐车出去兜风？"约翰提出，"我们可以绕着农场转转，就你和我。"

"坐什么车？"她说，"你的达特森？"

"是啊，坐我的达特森，已经修好了。"

"修好了，不会在荒无人烟的地方抛锚吧。"

这当然是玩笑，百鸟泉农场本身已经是荒无人烟的地方了。但也不仅仅是玩笑。她不知道农场到底有多大，好几平方英里，但是她知道没法在一天里从一头走到另外一头，除非真的做好远足的打算。

"不会抛锚的，"他说，"但我会带上备用水以防万一。"

百鸟泉农场位于库普①地区，过去两年里库普都没有下过一滴雨。到底是什么促使库切祖父在这里买了地？这里的每个农民都得费尽力气才能让自己的家畜活下去。

"库普是什么语言？"她说，"是英语吗？意思是没人能待得下去的地方？"

---

① 库普（Koup），卡鲁地区的一片荒凉干旱地带。

"是科伊语①，"他说，"也就是霍屯督语②。库普的意思是干旱的地方。是名词，不是动词。因为词语的最后一个字母是 p。"

"你从哪里学来的？"

"从书里看来的。从过去传教士编写的语法书里。已经没人说科伊语了，整个南非都没人说了。从实用角度来说，这些语言已经死了。在西南非洲还有一些老人说纳马语③。这就是全部了，剩下的全部。"

"那么科萨语④呢。你会说科萨语吗？"

他摇摇头。"我关心失去的东西，对依然保存着的东西不感兴趣。我为什么要说科萨语？好几百万人都能说。他们不需要我。"

"我认为语言的存在是为了让我们能彼此交流，"她说，"如果没人能说霍屯督语，那你会说又有什么意义？"

他露出一丝神秘的微笑，说明他对于她的问题是有答案的，但反正她太蠢了也听不懂，他就不用多费口舌了。正是这种无所不知先生的微笑，让卡罗尔最为恼火。

---

① 科伊语（Khoi），非洲西南部本土科伊科伊族（Khoikhoi）的语言。

② 霍屯督语（Hottentot），霍屯督种族使用的语言，十九至二十世纪，霍屯督人被用来指代科伊科伊人（Khoikhoi），在历史上也被更广泛地用来指代整个非班图族土著居民。这个词语如今被认为具有种族冒犯意义，已停用。

③ 纳马语（Nama），科伊语的分支，是纳马族人使用的语言。大部分的纳马部落已经消失，剩下的纳马族人如今主要生活在纳米比亚中部和南非纳玛夸兰。

④ 科萨语（Xhosa），非洲南部科萨族所使用的语言，也是南非共和国的官方语言之一。纳尔逊·曼德拉的母语。

"你从你的旧语法书里学会了霍屯督语，又能去和谁说呢？"她又问了一遍。

"要我告诉你吗？"他说。那一丝微笑变了味，有种紧张的不好的意味。

"嗯，告诉我。回答我。"

"死人。可以和死人交谈。否则他们，"——他犹豫了片刻，仿佛这句话对于她，甚至对于他来说都太沉重了——"否则他们就被逐入永恒的沉默。"

她想要一个回答，现在她得到了。足以让她闭嘴。

他们开车行驶了半个小时，来到农场最西面的边界。她吃惊地看着他在那里打开围栏大门，把车开了出去，又回头把门关上，然后继续沉默地开在颠簸的土路上。四点半的时候，他们来到默威维尔①，她已经很多年没来过这里。

他在阿波罗咖啡馆外面停下。"你想喝杯咖啡吗？"他说。

他们走进咖啡馆，身后跟着好几个光脚的小孩，最小的一个才刚会走路。老板娘开着收音机，播放南非语流行音乐。他们坐下来，挥手赶跑苍蝇。孩子们围住他们的桌子，好奇的眼睛毫不害臊地盯着他们看。"Middag, jongens."②约翰说。"Middag, meneer."③最年长的孩子说。

他们要了咖啡，端上来的却不能算是咖啡：是寡淡的雀巢速溶咖啡配保鲜牛奶。她喝了一口就推到旁边。他则心

---

① 默威维尔（Merweville），位于西开普省的小镇。

② 南非语，意思是中午好，孩子们。

③ 南非语，意思是中午好，先生。

不在焉地喝完了。

伸上来一只小手要偷她碟子里的方糖。"Toe, loop!（拿走吧!）"她说。那个孩子开心地看着她,剥开糖纸,舔了起来。

这绝对不是她第一次意识到白人和有色人种间的屏障坍塌得有多厉害。这里的情况比卡尔维尼亚更明显。默威维尔是一座更小的处于衰败中的小镇,这样衰败下去,它必将面临从地图上消失的危险。这里只剩下不超过几百口人。他们开车经过的房子有一半似乎都无人居住。门上用白色鹅卵石在灰泥里镶嵌成 Volkskas（人民银行）字样的楼房里面不是银行,而是焊接工作间。尽管下午的酷热已经过去,主街上唯一的活物只有两个男人和一个女人,以及一条干瘦的狗,他们在盛开的蓝花楹下散步。

这都是我说的? 我不记得了。

我可能添加了一两个细节,为了让场景更为生动。我没告诉你,考虑到默威维尔在你的叙述里大量出现,我还真的去了一次,考察了一下。

你去了默威维尔? 你觉得那里怎么样?

和你描述得差不多。但是阿波罗咖啡馆已经没有了。没有任何咖啡馆。我能继续往下念吗?

约翰说:"你知不知道祖父除了其他那些功绩,他还曾经是默威维尔的镇长?"

"是啊,我知道。"他们的祖辈涉足太多事情了。他是——她想起那个英文单词——他是一个积极进取的人,这里很少有积极进取的人,他具有——又想起一个英文单词——勇气,他拥有的勇气或许比他所有孩子加起来的还多。但或许这就是强悍父辈的孩子们的命运:留给他们的勇气已经不完整。儿子们如此,女儿们也一样:库切家的女人都有点过于自谦,不具有什么女性勇气。

在她很小的时候,外祖父就去世了,她对他只剩依稀记忆:他是个驼背老头,脾气不好,胡子拉碴。她记得吃过午饭以后,整幢房子就陷入寂静:外祖父要睡午觉了。即便她当时还小,却已经吃惊地见识到成年人如何被一个老人吓得像老鼠一样蹑手蹑脚。而如果没有这个老人,她就不会在这里,约翰也不会:不仅不会在这个世界上,也不会在卡鲁,不会在百鸟泉农场,不会在默威维尔。如果她自己的一生,从襁褓到坟墓,始终由羊毛羊肉市场的起伏所主宰,正是因为外祖父的作为:此人从 smous(小商小贩)做起,向乡下人兜售花布、盘盘罐罐和专利药物,等他存够钱,就与人合伙购买了一间旅馆,然后卖了旅馆,买了地,安顿下来成为绅士的养马者和牧羊人。

"你还没问我们来默威维尔干吗?"约翰说。

"好吧。我们来默威维尔干吗?"

"我想带你来看一个地方。我在考虑要在这里买房子。"

她无法相信自己的耳朵。"你想买房子?你想住在默威维尔？在默威维尔？你也想当镇长吗？"

"不是，不是住在这里，只是可以在这里待待。平时住在开普敦，周末和假期过来。这不是不可能。如果从开普敦开车过来，一路不停，到默威维尔也不过七个小时。一千兰特能买一幢房子——有四间房间和半摩根①地，种着桃树、杏树和橘树。这个世界上哪里还能找到那么便宜的房子？"

"那你父亲呢？你父亲对你的计划怎么看？"

"总比养老院好。"

"我不明白，什么比养老院好？"

"住在默威维尔比住在养老院好。我父亲可以住这里，安顿下来。我住在开普敦，但会经常回来看望他。"

"那你父亲独自在这里的时候能做什么？坐在门廊等着一天里有一辆车经过？你能在默威维尔那么便宜买下一幢房子的理由很简单，约翰：因为没人想住在这里。我不能理解你。你为什么突然对默威维尔产生了热情？"

"因为这里是卡鲁。"

Die Karoo is vir skape geskape！（卡鲁是羊待的地方！）她不得不把话咽回去。他是认真的！他说起卡鲁来好像那里是天堂！突然之间往昔圣诞节的记忆重新涌上心头，当他们还是孩子的时候，像野生动物一样在草原上游荡。"你想被葬在哪里？"有一天他问她，接着不等她回答就低

---

① 摩根（morgen），南非、荷兰等国家的土地面积度量单位，约合 2.116 英亩。

声说，"我想被葬在这里。""永远？"她问，童年的她问——"你想永远被埋葬在这里吗？""直到我再度出世。"他回答。

直到我再度出世。她都记得，记得每个词。

孩子的行为有时候无从解释。无法要求每件事情都合乎逻辑。但是如果不是因为他的话自那时起就使她深感困惑，并且这么多年来持续不断，她又怎么会记得？再度出世：她的这位表弟真的相信人能从坟墓里爬出来？他以为自己是谁，耶稣？他以为卡鲁是什么地方，圣地？

"如果你真的想在默威维尔住下来，那你得先理发，"她说，"镇上的好人家不会允许一个野人住在他们中间，带坏他们的儿女。"

柜台后面的老板娘明确做出要打烊的暗示。他结了账，然后他们开车离去。离开镇子的路上，他在一幢房子跟前放慢速度，门口的牌子上写着 TE KOOP（出售）。"这就是我想要的房子，"他说，"只要一千兰特外加一些法律手续。你能相信吗？"

房子是一个毫无特征的立方体，盖着波纹铁皮屋顶，门口有一条贯通的遮阴走廊，陡峭的木梯从侧面通往阁楼。粉刷得很不好。屋前破破烂烂的假山园林里，几株芦荟正拼命活下去。他真的打算把父亲扔在这里，扔在这个昏暗的房子里，扔在这个穷途末路的小村子里？让一个老头颤颤巍巍地吃罐头食品，睡在肮脏的床单上？

"你想不想看看？"他说，"房子锁着，但我们可以绕到后面。"

她一阵寒战。"下次吧，"她说，"我今天没什么心情。"

她不知道今天有什么心情。但是离开默威维尔二十公里以后,她的心情就不重要了,引擎发出怪响,约翰皱着眉头关闭了引擎,滑行了一段慢慢停车。车里有一股烧焦的橡皮味。"又是引擎过热,"他说,"稍等我一下。"

　　他从后面拿出一罐水,拧开水箱盖子,躲开蹿上来的水蒸气,把水灌进水箱。"这些水应该够我们开回家了。"他说。他试图发动引擎,但是引擎空转着发动不起来。

　　她很了解男人,知道永远不要去质疑他们对付机械的能力。她什么都没说,费心地没有表现出不耐烦,甚至没有叹气。整整一个小时,他手忙脚乱地摆弄管子和钳子,弄脏了自己的衣服,一次又一次地想让引擎转起来,而她始终一言不发,保持着善意的沉默。

　　太阳开始落下地平线;他还在折腾,天都快黑了。

　　"你有手电筒吗?"她问,"我能帮你打手电筒。"

　　但是没有,他没有带手电筒。而且,因为他不抽烟,他甚至都没有火柴。他不是童子军,只是一个城市男孩,毫无准备的城市男孩。

　　"我得走回默威维尔找人来帮忙,"他终于开口,"或者我俩一起走回去。"

　　她穿着轻便凉鞋,她不想穿着凉鞋在黑暗中蹒跚二十公里穿越草原。

　　"等你走到默威维尔都已经半夜了,"她说,"你在那里谁都不认识,那里甚至都没有维修站,你打算找谁过来帮你修卡车?"

　　"那你说我们该怎么办?"

"我们在这里等。如果运气好，会有人开车经过。不然天亮以后米契尔会出来找我们。"

"米契尔不知道我们去了默威维尔。我没有告诉他。"

他最后一次试着发动引擎。转动钥匙的时候发出沉闷的咔嗒一声，电池用完了。

她下了车，走得远远的，放空了膀胱。一阵微风吹来。有点冷了，而且还会更冷。车里没有什么东西可以盖在身上，连块防水布都没有。如果他们要在这里过夜，就只能挤在车厢里。之后等他们回到农场，就得向别人解释。

她还没那么可怜；她依然能置身事外地苦中作乐。但情况很快会改变，他们没有吃的，没有喝的，除了车里那罐带汽油味道的水。饥饿和寒冷将摧毁她脆弱的好心情。到一定的时候，他们还不能睡觉。

她摇起车窗。"我们能不能忘记，"她说，"忘记我们是一男一女，不要不好意思抱在一起取暖？否则我们会冻僵。"

在他们相识的三十多年里，时不时会亲吻，那种表亲之间的吻，也就是说，吻在脸颊上。他们也拥抱过。但是今晚可能会发生的却是相当不同的亲密行为。他们将不得不一起躺在或者倚在硬邦邦的座位上，中间卡着变速杆，互相取暖。如果上帝仁慈，让他们睡着，他们或许又会丢脸地打呼或者被呼噜吵醒。真是一场考验！一场磨难！

"明天，"她说，允许自己刻薄一下，"等我们回归文明社会,希望你能把这辆车送去好好修一修。利伊甘卡①有一个不错的机修师。米契尔一直用他。我只是提一个友好的建议。"

"抱歉,是我的错。我本该去找懂行的人来修车,而不是自己瞎捣鼓。这都是因为我们生活的国家。"

"我们生活的国家? 你的车总是坏怎么是国家的错?"

"因为我们长久以来的历史就是让别人替我们干活,而我们坐在背阴处旁观。"

这就是他们在黑暗和寒冷中等着有人路过来救他们的原因。为了表达一种观点,也就是白人应该自己修车。太可笑了。

"利伊甘卡的机修师是白人,"她说,"我不是建议你把车送去本地人那里修。"她还想补充说,如果你想自己修车,拜托先学学汽车维修课程。但是她忍住没说。"还有什么其他活是你坚持自己干的?"她说,"除了修车外。"除了修车和写诗之外。

"我做园艺。我修缮房子。我最近正在重新铺设排水管道。在你看来可能很好笑,但我没有开玩笑。我在表达一种态度。我想破除体力劳动的禁忌。"

"禁忌?"

"没错。正如在印度,不允许上等种姓的人去清洁——我们应该怎么说——人类排泄物,同样,在这个国

_____

① 利伊甘卡(Leeuw Gamka),南非西开普省的小镇,位于从开普敦到金伯利的铁路线上。

110

家,如果白人碰了镐子或者铲子,就立刻成为不洁之人。"

"你真是胡说八道! 根本不是事实! 只是诋毁白人的偏见。"

她刚刚说出口就后悔了。她太过分了,把他逼入死角。现在除了无聊和寒冷之外,她还不得不面对这个男人的怨愤。

"但是我能理解你的观点,"她继续说,帮他解围,因为他似乎无法为自己开脱,"从某种意义上来说你是对的:我们过分习惯于保持双手干净,我们白人的双手。我们应该更愿意弄脏自己的手。这一点我非常同意。这个话题到此为止吧。你困了吗? 我还不困。我有一个建议。我们各自讲讲故事来打发时间吧。"

"你讲吧,"他冷冷地说,"我没有什么故事。"

"你给我讲讲美国的故事,"她说,"编的也行,不用非得是真的,随便什么故事都行。"

"假设上帝存在,"他说,"有一个白胡子的上帝哞哞哞哞超越时间超越空间确确实实存在,他从神圣冷漠的高处深深爱着我们,哞哞哞哞,除了少数例外。①"

他停下来。她完全听不懂他在说什么。

"哞哞哞哞。"他说。

"算了。"她说。他不吱声。"轮到我讲了。"她说,"我说一个公主和豌豆的故事。很久很久以前,有一位娇贵的

---

① 此处引用了塞缪尔·贝克特《等待戈多》中幸运儿的演讲词的开头,其中哞哞哞哞(quaquaquaqua)的意思有很多不同的解释,普遍认为是一种表达荒谬的重复。

公主,即便睡在十条羽绒床垫上,也能感觉到最底下的垫子下面有一颗豌豆,那种小小的硬硬的干豆子。她整晚辗转反侧——是谁在那里放了一颗豌豆?为什么?——结果一点都没有睡着。下楼吃早饭的时候她面容憔悴,对她的父母——国王和王后抱怨:'我没法睡觉,都怪那颗该死的豌豆。'国王派了一个女佣去把豌豆拿走。女佣找来找去,什么都没找到。

"'别再和我说什么豌豆了,'国王对女儿说,'根本没有豌豆,那颗豌豆只在你的想象中。'

"那天晚上公主又爬上山一样高的羽绒床垫。她想睡但是睡不着,因为那颗豌豆,那颗豌豆要么是在最下面的垫子底下,要么是在她的想象中,无论在哪里,造成的效果是一样的。直到天亮,她精疲力尽,甚至无法去吃早饭。'都怪那颗豌豆!'她哀叹。

"国王震怒,派了整整一队女佣去找豌豆,她们回来以后汇报说没有豌豆,都被砍了头。'现在你满意了吗?'他朝女儿吼叫,'现在你能睡觉了吗?'"

她停下来喘口气。她不知道这个睡前故事接下来该怎么往下说,公主最终到底睡着了没;然而奇怪的是,她相信只要她开口,正确的词语就会自己出现。

但不必再往下说了,他睡着了。睡得像个孩子,这个敏感的、固执的、无能的、可笑的表弟把头靠在她的肩膀上睡着了。毫无疑问睡得很香:她能感觉到他的抽搐。他的身体下面没有豌豆。

她怎么办?谁来给她讲故事将她送入梦乡?她从没感

觉如此清醒过。她就要这样度过这个夜晚吗:无聊,烦躁,身上压着一个睡着了的男人的重量。

他声称有一种禁忌是白人不能从事体力劳动,那他如何看待性别不同的表亲不能一起过夜的禁忌?农场里那些库切家的人会怎么说?说真的,她对约翰没有身体上的感觉,没有产生丝毫女性的颤动反应。这足以赦免她吗?为什么他身上一点男性气息也没有?这是他的问题吗;或者恰恰相反,是她的问题,因为她全心全意地接受表亲间的禁忌,没有把他当成男人看待?如果他没有女人,是因为他对女人没有感觉吗,因此女人,包括她自己,也就不会对他产生感觉?如果她的表弟不是 moffie,难道是性无能?

车厢里的空气变得浑浊。她把车窗打开一条缝,费心地没有惊醒他。他们周围有什么——灌木也好,树也好,或者甚至是动物——她都不是用眼睛看到的,而是用皮肤感觉到的。某处有一只孤独的蟋蟀在唧唧叫。她轻声对蟋蟀说:今晚陪着我。

但是或许有一类女人会被这样的男人吸引,当他侃侃而谈的时候,乐于倾听,而不去反驳,然后将他的观点纳为己有,即便是那些显而易见的愚蠢观点。这样的女人,对男性的愚蠢无动于衷,甚至对性也无动于衷,只想寻找一个能够依附于自己的男人,照顾他,保护他免受世界的伤害。这种女人,能够忍受房子到处都被弄得乱七八糟,因为重要的不是窗户能否关紧,门锁能否扣上,而是她的男人是否有空间实现自己的想法。事后她会偷偷花钱雇人,雇一个能干的工人,修好家里的烂摊子。

对这样的女人来说,婚姻或许缺少激情,但未必没有孩子。她可以儿女成群。夜晚他们围坐在桌边,那位老爷,那位主人坐在首座,他的配偶坐在尾座,他们健康的守规矩的子孙们坐在两边;喝汤的时候,主人会阐述劳动的神圣。我的丈夫真是男子汉啊!妻子会喃喃自语,他拥有多么高尚的心灵!

为什么她对约翰心怀怨恨,为什么对凭空为他臆想出来的妻子甚至怨恨更重?简单的答案是:因为他的虚荣和笨拙,她被困在了默威维尔的路上。但是漫漫长夜,她有足够时间来展开一个更深层的假设,审视其中有没有任何美德可言。更深层的答案是:她心怀怨恨是因为她对表弟的期望更高,而他辜负了她。

她从他那里期望什么?

期望他能够拯救库切家的男人。

为什么她渴望拯救库切家的男人?

因为库切家的男人都太 slapgat。

为什么她对约翰寄予特别的期望?

因为在库切家的男人中他是得天独厚的那一个。他拥有天赐良机却没有好好利用。

Slapgat 是她和妹妹常常脱口而出的词语,或许是因为她们小的时候常常听到别人脱口而出。她离家以后才注意到这个词会引起别人吃惊的表情,使用起来便开始谨慎。Slap gat 是指直肠、肛门,人无法完全控制的地方。因此slapgat 的意思是懒散,没骨气。

她的舅父们都是 slapgat,因为他们的父母,也就是她的外

114

祖父母是这样养育他们的。他们的父亲发火怒吼,把他们吓得瑟瑟发抖,而他们的母亲则在周围蹑手蹑脚像老鼠一样。结果当他们进入世界以后,缺乏力量,缺乏主心骨,缺乏自信,缺乏勇气。他们为自己选择的毫无例外都是轻松的道路,最没有阻力的道路。他们战战兢兢地试水,然后随波逐流。

库切家的人那么好相处,因此而那么 gesellig①,是那么好的同伴,正是因为他们偏爱最现成的道路;也正是他们的 gesellighied② 让圣诞聚会如此有趣。他们从不和人吵架,彼此间从不争执,所有人都是出了名的好相处。而下一代人,也就是她这代人,为父母的好相处付出代价,他们进入世界,以为世界只是另外一个 slap 的,gesellige 的地方,是放大了的百鸟泉农场,结果发现并非如此!

她自己没有孩子。她无法生育。但如果她有幸有了孩子,她首先要做的就是把库切家的血脉从孩子的身体里清除。她不知道如何清除 slap 的血脉,除非把他们送去医院,将原本的血液抽光,替换成精力充沛的捐献者的血液;但或许从尽可能小的年纪就开始严格训练如何坚持自我,情况会有所改变。因为要说她对于孩子将来成长的世界略知一二的话,那就是那里没有 slap 生存的空间。

甚至连百鸟泉农场和卡鲁也不再是过去的百鸟泉农场和卡鲁了。看看阿波罗咖啡馆里的孩子。看看表哥米契尔的那帮工人,都不再是往日的 plaasvolk③。有色人种对待

---

① 南非语,意思是随和。
② 南非语,意思是欢乐。
③ 南非语,意思是农场人。

白人的普遍态度里出现了一种新的令人不安的强硬。年轻一代冷眼看人，拒绝称呼白人 Baas① 或 Miesies②。外乡人从一个居住区迁移到另外一个居住区，从一个 lokasie③ 到另外一个 lokasie。没有人会像过去那样向警察汇报。警察越来越难以获得可靠的信息。人们不再愿意让别人看见自己和警察讲话，于是警察失去了信息来源。对于农民来说，突击任务的召集越来越频繁，持续时间也越来越长。卢卡斯一直在抱怨这个。如果罗杰维尔的情况如此，那么库普肯定也一样。

做生意的方法也变了。想要把生意做下来，仅仅和各色人等成为朋友和互相帮忙已经不够。不行了，如今你必须像钉子一样强硬和无情。Slapgat 男人在这样的世界里怎么会有一席之地？也难怪库切家的叔叔们都不怎么成功：他们都是些在死气沉沉的 platteland④ 小镇无所事事很多年的银行经理，在晋升阶梯上停滞不前的公务员，贫穷的农民，即便是约翰的父亲，也是一个不光彩的被吊销了资格的律师。

如果她有孩子，她不仅会尽力清除他们的库切遗传因子，她还会认真考虑卡罗尔的做法：带他们离开这个国家，在美国或者澳大利亚或者新西兰给他们一个全新的开始，在那些地方他们可以展望一个像样的将来。但作为一个没

---

① 南非语，意思是先生。
② 南非语，意思是太太。
③ 南非语，意思是南非有色人种或者黑人的居住区。
④ 南非语，意思是乡村。

有孩子的女人,她不用去考虑这些事情。她还有另外一个角色:将自己奉献给丈夫和农场;尽力过上时代所能允许的合理的公正的好日子。

没有孩子的未来摆在卢卡斯和她自己跟前——这不是新产生的痛苦,不是,但就像牙痛一样,一次又一次袭来,如今已经到了开始令她厌烦的程度。她希望自己可以无视这种痛苦,好好睡上一觉。她表弟的身体又瘦又软,居然不感到冷,而她不可否认地比标准体重超出几公斤,怎么却开始发抖?寒冷的夜晚,她和丈夫总是挨得紧紧的,互相取暖。为什么她表弟的身体无法带来暖意?他不仅不暖和,而且还似乎吸走了她身上的热量。他是否天生冷血,就像他无性一样?

她心头涌起一股真正的愤怒,然后身边这个男人仿佛感觉到了似的,动了一动。"抱歉。"他咕哝着,坐了起来。

"抱歉什么?"

"我睡迷糊了。"

她不知道他在说什么,也不想问。他倒了下去,很快就又睡着了。

上帝在哪里?她发现自己越来越难以和上帝天父交流。她已经丧失了曾经对上帝的忠诚和曾经拥有的上帝天佑。没有信仰:毫无疑问是从不信神的库切家继承来的。她想到上帝,所能想象的就是一个长着胡子的家伙,声音响亮,气宇非凡,住在山顶的豪宅,一群仆人焦虑地跑来跑去为他办事。她就像一个真正的库切家的人那样,对这样的人敬而远之。库切家的人看不起那些自以为是的家伙,压低嗓音开他们的玩笑。她或许不像家里其他人那么擅长开玩笑,但她确实觉得上帝有点讨厌,有点烦人。

现在我必须要抗议。你太过分了。我从没说过那么离谱的话。你是在用我的嘴说自己的观点。

抱歉。我写得有点过头。我会改的。我会把语气处理得平淡一点。

压低嗓音开玩笑。然而,上帝有没有以他无穷的智慧为她或者卢卡斯做好安排?或者为罗杰维尔?或者为南非?如今看起来混乱而无意义的事物,是否会在未来的某一天呈现出自己其实是庞大的美好的规划的一部分?举例来说:有没有一个更有远见的解释来说明,为什么一个正当盛年的女人必须每周在卡尔维尼亚旅馆二楼阴郁的房间里独自睡四个晚上,月复一月,甚至可能年复一年,望不到头;而为什么她的丈夫作为一个天生的农民,大部分时间却不得不用卡车替别人运送牲畜到帕尔①和梅特兰②的屠宰场——农场失去这些涂炭生灵的工作所带来的收入就会垮掉,有没有比这更有远见的解释?有没有更有远见的解释来说明为什么他们两个人苦苦经营的农场,如果没有先被银行吞并的话,最终也不会传给他们自己的后代,而会落到她丈夫某个无知的外甥手上?如果在上帝庞大美好的规划

---

① 帕尔(Paarl),南非西开普省的城镇。
② 梅特兰(Maitland),南非西开普省的城镇。

中,从未考虑过世界的这一部分——罗杰维尔,卡鲁——应该好好发展农业,那么上帝对这片区域的安排到底是什么?这片土地是否注定重新落到 volk 手中,就像很早很早以前那样,那些人和他们衣衫褴褛的同伴,从一个地方游荡到另一个地方,寻找牧场,踏平栅栏,而像她和她丈夫这样的人,则被放逐到被遗忘的角落,失去权利。

除非对库切一家提出这样的问题。Die boer saai,God maai,maar waar skuil die pagegaai?① 库切一家说着咯咯直笑。一派胡言。愚蠢的家庭,奇思怪想,徒有其表;他们都是小丑。是'n Hand vol vere(一捧羽毛)。即便是她寄予微弱希望的这个家庭成员,这个在她身边立刻再次坠入梦乡的男人,也不过是一个无能的人。他曾经逃去大千世界,如今又不光彩地溜回这个小地方。出走失败,修车也失败,而她此刻不得不承受他的失败。失败的儿子。坐在默威维尔那幢阴沉的灰蒙蒙的老房子里,望着外面空荡荡的、被太阳暴晒的街道,牙齿把铅笔咬得吱吱作响,努力想着诗句。O droë land,O barre kranse…(哦,干涸的土地;哦,荒芜的悬崖……)接下来呢?肯定还有一些有关 weemoed(忧伤)的句子。

空中出现第一缕紫色和橘色的霞光时她就醒了。她在睡梦中不知怎么地扭转了身体,在座位里陷得更深,于是仍然熟睡着的表弟没有再靠在她的肩膀上,而是枕着她的臀部。她恼火地挣脱出来。感到眼皮黏在一起,骨头咔咔响,

---

① 南非语,意思是:农夫耕种,上帝收割,但是鹦鹉藏身何处?

119

而且渴得要命。她打开车门下了车。

空气寒冷平静。她注视着荆棘丛和草丛在第一缕阳光的触碰下呈现出来。仿佛她正身处创世的第一天。上帝啊，她喃喃说道，有种想要跪倒在地的冲动。

附近传来一阵沙沙声。她正直视着一头羚羊的黑眼睛，那只小羚羊站在不到二十步外，它也看着她，眼神警惕，却不害怕，还不懂得害怕。我的 kleintjie（小家伙）！她说。她无比渴望拥抱它，对着它的额头倾吐突然涌上心头的爱；但是她还没有来得及迈出第一步，小家伙就转身咚咚咚地甩开蹄子跑远了。它跑开一百码停了下来，转身，再次打量着她，然后迈着不紧不慢的步子穿过平地，进入干涸的河床。

"那是什么？"传来她表弟的声音。他终于醒了；他爬出卡车，打着哈欠，伸着懒腰。

"是一头羚羊。"她简洁地说，"我们现在怎么办？"

"我回默威维尔去，"他说，"你在这里等着。我应该十点前就能回来，最晚十一点。"

"如果有经过的车肯载我，我会搭车，"她说，"不管去哪个方向，我都会搭车。"

他看起来一团糟，乱蓬蓬的头发和胡子七倒八歪。感谢上帝我不用每天醒来都看到你，她心想，太不够男人了。真正的男人绝不至于如此，sowaar（真的）！

太阳跃过地平线；她已经能感觉到皮肤上的温度。世界或许是上帝的世界，但卡鲁首先是属于太阳的。"你最好现在就出发，"她说，"今天会很热。"她望着他跋涉而去，肩上扛着那只空的水罐。

一次冒险：或许这是看待此次经历的最佳角度。她和约翰在这个偏远之地进行了一场冒险。之后的几年库切一家会回忆起这一天。还记得那天玛格特和约翰在荒凉的默威维尔抛锚了吗？然而她在等待冒险结束的过程中，有什么可供消遣呢？除了一本破破烂烂的达特森使用手册；没有其他东西了。没有诗歌。只有如何换胎。如何保养电池。还有省油小窍门。

卡车正对着升起来的太阳，热得令人窒息。她躲到了背阴处。

路的尽头出现幻象：先是从热浪中出现一个人影，接着渐渐地出现一头驴和一辆驴车。她甚至能听到风中传来驴蹄子的踢踏踢踏声。

人影越来越清晰，是百鸟泉农场的亨德里克，而他身后，坐在车上的是她的表弟。

他们笑着打招呼。"亨德里克到默威维尔看望女儿，"约翰解释，"他会送我们回农场，如果他的驴子可以的话。他说我们能把达特森挂在驴车后面拖着走。"

亨德里克警觉起来，说："Nee，meneer！"①

"Ek jok maar net.（只是开玩笑。）"她的表弟说。

亨德里克是一个中年男人。因为一次失败的白内障手术而失去了一只眼睛的视力。他的肺也有问题，身体稍稍一用力他就开始喘气。作为体力工作者他在农场上没什么

---

① 南非语，意思是，不行啊，先生！

121

用,但是她的表哥米契尔还留着他,因为这里的办事规矩就是这样。

亨德里克有一个女儿,和她的丈夫孩子一起住在默威维尔镇子外面。那位丈夫过去在镇上有份工作,现在似乎搞丢了;女儿是家庭主妇。亨德里克肯定是天没亮就从他们家出发了。他身上有股淡淡的甜酒味,她注意到他爬下车的时候磕磕绊绊。上午就喝多了:这是什么生活啊!

她的表弟察觉到了她的想法。"我这里有水,"他说着把装得满满的水罐递过来,"是干净的水,我用风泵灌的。"

于是他们出发回农场,约翰坐在亨德里克旁边,她坐在后面,头上顶着一只旧麻袋遮阳。一辆车从他们身边经过,朝着默威维尔扬长而去。如果她早点遇见,就能拦下它——搭车去默威维尔,然后在那里打电话叫米契尔来接她。但从另外一方面来讲,尽管道路颠簸,坐得也很不舒服,她还是挺喜欢坐亨德里克的驴车回农场的,而且越想越喜欢:库切一家聚在门廊喝下午茶,亨德里克朝他们挥帽致意,带回杰克迷途的儿子,浑身脏兮兮的,晒得发黑,心怀悔意。"Ons was so bekommerd!(我们担心坏了!)"他们会痛斥这种道德败坏的行为。"Waar was julle dan?(你们去哪里了?)Michiel wou selfs die polisie bel!(米契尔都要报警了!)"而他只会在一旁嘟嘟囔囔。"Die arme Margie!(可怜的玛吉!)En wat het van die bakkie geword?(卡车在哪里?)"

有几段上坡路太陡峭,他们只好下车步行。剩下的路小驴都能胜任,只要不时在它屁股上抽几鞭子提醒它谁才是主人。它的身躯那么纤细,它的蹄子那么灵巧,却如此坚韧,耐力十足!难怪耶稣喜欢驴子。

进入百鸟泉农场的地界以后,他们在水库边停下休息。趁着驴子喝水,她和亨德里克聊了聊他在默威维尔的女儿,接着又聊了聊在西博福特①老人院里做厨工的另外一个女儿。她谨慎地没有问起亨德里克后来娶的妻子,和他结婚时那位妻子还不过是个孩子,后来一有机会就和利伊甘卡铁道营的工人跑了。

她看得出来,亨德里克和她交谈要比和她表弟交谈感觉轻松。她和他说同一种语言,而约翰的南非语则说得非常生硬和书面化。约翰说的话可能有一半亨德里克都听不明白。亨德里克,你觉得哪一个更有诗意:日出还是日落?山羊还是绵羊?

"Het Katryn dan nie vir padkos gesorg nie?(你女儿没为我们准备打包的午餐吗?)"她和亨德里克开玩笑。

亨德里克举止尴尬,移开视线,闪烁其词。"Ja-nee, mies."②他气喘吁吁地说。真是一个老派的 plaashotnot③(农场霍屯督人)。

结果亨德里克的女儿真的准备了午餐包。亨德里克从夹克口袋里掏出一个棕色纸包,里面是一根鸡腿和两片抹

---

① 西博福特(Beaufort West),南非西开普省的镇子,是大卡鲁地区最大的城镇。
② 南非语,意思是,也许吧,小姐。
③ hotnot 是 Hottentot(霍屯督人)的缩写形式,指南非开普省地区的有色人种,具有种族歧视意味。

了黄油的白面包,但是他既不好意思分给他们吃,也不好意思在他们跟前自己独吞。

"In Godsnaam eet, man!"①她说。"Ons is glad nie honger nie, ons is ook binnekort tuis.(我们不饿,而且我们很快就到家了。)"然后她拖着约翰去水库那里转了一圈,好让亨德里克背对着他们,飞快地吃完他的午饭。

Ons is glad nie honger nie(我们不饿):当然是谎话。她饿坏了。冷鸡肉的香味让她口水直流。

"坐到前面来,坐在赶车人旁边,"约翰建议,"我们要凯旋了。"她照做了。他们快到家的时候,果然如她所料,库切一家正聚在门廊,她特意堆起微笑,甚至模仿王族挥手致意。于是大家轻轻拍手欢迎。她下车以后说:"Dankie, Hendrik, eerlik dankie.(真的太感谢你了,亨德里克。)""Mies(小姐)。"亨德里克说。她稍后会去他家里给他一点钱,就说是给卡特琳的,给孩子买点衣服。尽管她知道钱最后都会用来买酒。

"En toe?(怎么回事?)"卡罗尔当着大家的面说,"Sêvir ons:waar was julle?(你们去哪里了?)"

她沉默了片刻,正是在那一瞬间,她意识到这个问题表面看来只需要她随意幽默地答复两句,实际却是认真的发问。库切一家真的想知道她和约翰去了哪里;他们想确定并没有发生真正的丑闻。这种唐突的质问让她大吃一惊。这些了解她并且始终爱她的人竟然认为她会行为不端!

---

① 南非语,意思是,天啊,快吃吧!

"Vra vir John.（问约翰去。）"她简短答复，便进屋了。

半个小时以后她重新回到他们中间，气氛依然紧张。

"约翰去哪里了？"她问。

原来约翰和米契尔刚走，开着米契尔的皮卡去修达特森了。他们会把车拖去利伊甘卡，找那里的机修工修理。

"我们昨晚很晚都没睡，"她的阿姨贝丝说，"我们左等右等。然后我们断定你和约翰是去了博福特，因为每年这个时候国道都很危险，所以你们留在那里过夜了。但是你们没有打电话回来，这让我们很担心。今天早上米契尔往博福特的旅馆打了电话，他们说没见过你们。他又往弗雷泽堡①的旅馆打了电话。我们完全没想到你们会去默威维尔。你们去默威维尔干吗？"

他们到底去默威维尔干吗？她转向约翰的父亲。"约翰说你和他想在默威维尔买房子，"她问，"有这回事吗，杰克叔叔？"

大家都吃惊地沉默下来。

"有这回事吗，杰克叔叔？"她继续追问，"你们是不是真的要从开普敦搬到默威维尔居住？"

"如果要这么问的话，"杰克说——风趣的库切风范不见了，他的口吻非常慎重——"不会，不会真要搬去默威维尔。约翰有这个想法——我不知道有多少可行性——买下一幢废弃的房子，修缮成度假屋。我们就只谈到这里。"

默威维尔的度假屋！匪夷所思！在默威维尔这种地

---

① 弗雷泽堡（Fraserburg），南非西开普省卡鲁地区的城镇。

方,都是爱打听的邻居,diaken(教会执事)会敲门缠着你去教堂！杰克是他们中间年轻时最活跃,也是最不虔诚的,怎么会计划搬去默威维尔呢？

"你应该先去科根纳普①看看,杰克。"他的兄弟艾伦说,"或者波法德尔②。在波法德尔,一年中有一个大日子,牙医从阿平顿③过来拔牙。他们称之为 die Groot Trek(大迁徙)④。"

库切一家的轻松状态一旦受到威胁,就会开玩笑。这个家庭在小小的 laager⑤ 里集合,将外部世界及其威胁抵御在外。但是玩笑的魔力能够持续多久呢？终有一天,强劲的敌人会亲自找上门来,那个举着长柄镰刀的死神,将他们一个接一个地叫出来。到时候他们的玩笑又有什么用？

"按照约翰的说法,你会搬到默威维尔,而他继续待在开普敦,"她坚持往下说,"你在那里没有车真的行吗,杰克叔叔？"

这是一个严肃的问题。库切一家不喜欢严肃的问题。"Margie word 'n bietjie grim.(玛格特变得有点惹人厌。)"他们会私下说。你儿子是不是打算抛弃你,把你送到卡鲁,她问的是,如果事情真是这样,你怎么能不反对呢？

"不,不是这样,"杰克回答,"不是像你说的这样。默

---

① 科根纳普(Koegenaap),南非西开普省卡鲁地区的城镇。
② 波法德尔(Pofadder),南非北开普省的城镇。
③ 阿平顿(Upington),南非北开普省的城镇。
④ 大迁徙(The Great Trek),1835 年起,南非的荷兰殖民者向内陆迁移,以期脱离英国殖民统治,建立自己的家园。
⑤ 南非语,意思是防御工事。

威维尔不过是一个安静的地方，能度个假。如果真的实现了的话。现在只是想想，你知道，是约翰的一个想法而已。都还没有决定呢。"

"这是他想要摆脱父亲的阴谋诡计，"她的妹妹卡罗尔说，"他想把父亲扔在卡鲁，撒手不管。这样米契尔就得去照顾他，因为米契尔离得最近。"

"可怜的老约翰！"她回答，"你总是从最坏的方面去想他。如果他说的是实话呢？他保证每周末都会去默威维尔，学校假期也会在那里度过。为什么就不能相信他一次呢？"

"因为我完全不相信他的话。在我看来整个计划都很可疑。他向来和他父亲关系不好。"

"他在开普敦一直照顾他的父亲。"

"他和他父亲住在一起，但只是因为他没钱。他三十多岁，毫无前途可言。他逃离南非是为了躲避兵役。然后又因为触犯法律被驱逐出美国。现在他找不到合适的工作，因为他太自以为是。他俩靠着他父亲在废铜烂铁堆里打工赚来的微薄薪水过活。"

"但情况不是这样的！"她反驳。卡罗尔年纪比她小。过去卡罗尔是跟班，她玛格特才是领头的。而现在卡罗尔走到了前面，她不安地尾随其后。怎么回事？"约翰在高中教书，"她说，"他自己能赚钱。"

"我听说的可不是这样。我听说他指导差生参加大学入学考试，按小时拿薪水。是打零工的，就是那种学生赚零花钱的工作。你直接去问他。问他在哪所学校教书。问他赚多少钱。"

"赚大钱不是最重要的。"

"这不是赚多少钱的问题,是说不说实话的问题。让他实话告诉你为什么想买默威维尔的房子。让他告诉你是谁掏钱,是他,还是他父亲。让他告诉你未来的计划。"这时,卡罗尔见她一片茫然,继续问,"他没告诉你吗?他没告诉你他的计划吗?"

"他没有计划。他是库切家的,库切家的人没有计划,他们没有野心,他们只有无用的渴望,他的一个无用的渴望就是想住在卡鲁。"

"他的野心是成为诗人,全职诗人。你听说过这种事情吗?这个默威维尔的计划和他父亲的幸福毫无关系。他想在卡鲁有一个可以想来就来的地方,他可以在那里托着下巴凝视落日和写诗。"

又是约翰和他的诗!她忍不住了,笑出声来。约翰坐在那间丑陋的小屋的门廊里写诗!头上戴着贝雷帽,毫无疑问,手边放着一杯葡萄酒。有色人种的小孩围在他周围,不断问问题。Wat maak oom? ——Nee, oom maak gedigte. Op sy ou ramkiekie maak oom gedigte. Die wêreld is ons woning nie…(先生在干什么? ——先生在写诗。先生弹着旧班卓琴写诗。世界不是我们栖居的地方……)

"我会去问他,"她一边说一边还在笑,"我会让他给我看他的诗。"

第二天早上她在约翰正要出门散步时叫住他。"我和你一起去，"她说，"等我一下，我换双鞋。"

他们从农舍出发，沿着杂草丛生的河床向东走走，来到水库，水库的墙壁 1943 年被洪水冲毁之后再也没有修复。浅浅的水塘里，三只白鹅宁静地浮在水面上。天气还很凉爽，没有起雾，能远远看到纽沃非尔德山脉。

"天啊，"她说，"dis darem mooi. Dit raak jou siel ann, nè, dié ou wêreld.（太美了。这片风景触动灵魂。）"

他们是少数派，极少的少数派，他们的灵魂被这片广袤荒芜的浩瀚所打动。如果这么多年来有什么东西将他们维系在一起，那就是眼前的景象。这片风景，这片 kon-trei①——占据了她的心灵。等她死后被埋葬，她会自然地融入这片土地，像是从未拥有过生命。

"卡罗尔说你还在写诗，"她说，"是真的吗？可以给我看看吗？"

"抱歉让卡罗尔失望了，"他冷冷回答，"我从青少年起，便没再写过诗了。"

她忍住没说下去。她忘了：不能要求一个男人给你看他写的诗，在南非不行，除非事先向他保证不会有事，绝对不会取笑他。这种国家啊，在这个国家，写诗不是具有男子气概的事情，而是孩子和 oujongnooiens（老处女）的爱好——老处女和老处男！她不知道图提亚斯②和路易斯·

---

① 南非语，意思是区域，地方。
② 图提亚斯（原名 Jacob Daniël Du Toit，笔名 Totius，1877—1953），南非诗人。

莱波尔特①是如何做到的。难怪卡罗尔要拿约翰写诗的事情来攻击他,卡罗尔总能察觉到别人的弱点。

"如果你那么久之前就放弃了,为什么卡罗尔觉得你还在写?"

"我不知道。她可能是看到我批改学生的作文,才得出错误的结论。"

她不相信他的话,但她不会再追问。如果他想要避开她,随他去。如果他认为写诗是他生命中太羞于或者耻于谈论的事情,就不谈了。

她不认为约翰是一个 moffie,但他没有女人这件事情仍然让她困惑。单身男人,特别是库切家的单身男人,在她看来就如同是没有桨,没有舵,或者没有帆的船。而现在他们两个,两个库切家的男人像夫妇似的住在一起!杰克的身后还有厉害的薇拉时,他多少还能掌控自己的人生航向,如今她去世了,他似乎相当迷茫。至于杰克和薇拉的儿子,他当然需要做一些理性的指引。但是有头脑的女人怎么会愿意将自己奉献给倒霉的约翰?

卡罗尔确信约翰是一把烂牌;尽管库切家的其他人心地善良,也多半同意她的看法。玛格特之所以和其他人不同,对约翰还怀有摇摆不定的信心,说来奇怪,正是因为约翰和他父亲对待彼此的方式:如果不是怀着爱,那样说有点过分,那至少是怀着尊重。

这两个人曾经是最合不来的敌人。杰克和他大儿子之

① 路易斯·莱波尔特(Louis Leipoldt,1880—1947),南非诗人。

间的宿怨令很多人摇头。当这个儿子消失在大洋彼岸时，这对父母尽力掩饰。他母亲声称他去从事科学事业了。几年来她一直坚持说约翰在英国当科学家，哪怕她明显不知道他为谁工作，或者从事什么类型的研究。你们知道约翰这个人啊，他父亲会说，向来很独立。独立是什么意思？库切家不无理由地把意思理解为他和自己的国家、自己的家庭、自己的父母脱离了关系。

接着杰克和薇拉又开始编造新的故事：约翰根本不在英国了，而是在美国，追求更高的成就。随着时间的流逝，没有什么确切的消息，于是大家对约翰以及他在做什么就失去了兴趣。他和他弟弟成为成千上万个逃避兵役的白人青年中的两个，留下难堪的家人。他几乎已经从家人的集体记忆中消失了，直到爆出他在美国被驱逐出境的丑闻。

这可怕的战争，他父亲说，都是战争造成的，在这场战争中美国男孩为了毫无感恩之心的亚洲人付出生命。难怪普通美国人要抗议。难怪他们要上街游行。约翰被莫名其妙卷入一场游行中，事情就是这样开始的；接下来发生的只是一个可怕的误会。

是因为儿子的丑闻，以及因而不得不编造的谎言最终将杰克变成一个颤颤巍巍、未老先衰的老人吗？她怎么可能问得出口？

"你肯定很高兴再次见到卡鲁的风貌，"她对约翰说，"决定不再留在美国，你是不是松了口气？"

"我不知道，"他回答，"当然，身处这里"——他没有做手势，但是她知道他的意思：这片天空，这个地方，包围他们的无边的静谧——"我感到幸运,我是少数的幸运儿。但实际上,我在这个我向来无法融入的国家有什么未来可言?或许彻底分开才更好。与所爱的事物一刀两断,并且希望伤口可以治愈。"

一个坦白的回答。感谢上帝。

"约翰,昨天你和米契尔出门的时候,我和你父亲聊过。说真的,我不认为他完全理解你的计划。我是说默威维尔的事情。你父亲已经不年轻了,他身体也不太好。你不能把他扔在一个陌生的小镇,期望他能照顾自己,万一出了问题,你也不能指望家里其他人会去帮忙照顾他。就是这样。我就想说这个。"

他没有回答。手里握着一截捡来的旧铁丝。他任性地挥舞铁丝,拍打着摇摆的青草尖,从风化的水库墙的斜坡俯冲了下去。

"别这样!"她大喊,小跑着跟上他,"和我说话,上帝啊!告诉我是我错了!告诉我是我弄错了!"

他停下来,怀着冷冷的敌意看着她。"我把我父亲的情况告诉你吧,"他说,"我父亲没有存款,一分钱都没有,也没有保险。他能指望的只有一份养老金:我上一次查看的时候是每月四十三兰特。所以尽管他年纪大了,身体不好,还不得不继续工作。我们两个人加在一起,一个月赚的钱相当于一个汽车销售一个星期赚的。除非我父亲搬去生活成本比城市低的地方,他才能退休。"

"但他为什么非要搬家,为什么要搬去默威维尔,搬去那种衰败的破地方?"

"我父亲和我不能永远生活在一起,玛吉。我俩都太惨了,这样不正常。父亲和儿子绝对不能待在同一个家里。"

"我不觉得你父亲是一个难相处的人。"

"或许吧;但我是一个难相处的人。我的麻烦在于我不想和其他人待在一起。"

"所以默威维尔的事情就是因为这个——因为你想自己住?"

"是的。是这样又不是这样。我希望在我想独处的时候能够独处。"

库切家所有人都聚集在门廊里喝早茶,聊天,悠闲地看着米契尔三个年幼的儿子在空地上玩板球。

远远的地平线处扬起一片烟尘,悬在空中。

"肯定是卢卡斯,"米契尔说,他眼神最好,"玛格特,是卢卡斯!"

真的是卢卡斯,他天亮就出发了。他很累,但精神不错,神采奕奕。他都没怎么好好和妻子以及家人打招呼,就加入了男孩们的游戏。他或许不怎么擅长玩板球,但是他喜欢和孩子们在一起,孩子们也喜欢他。他会是最好的父亲:想到他不会有孩子她就伤心。

约翰也加入了游戏。他玩板球比卢卡斯在行,更熟练,一眼就能看出来,但她注意到,孩子们对他不热情。狗也不喜欢他。他不像卢卡斯那样是一个天生的父亲。他是一个alleenloper(独行客),正如有些雄性动物。或许这也是为什

133

么他没有结婚。

他和卢卡斯不同；然而有些事情她可以和约翰分享，却永远无法和卢卡斯分享。为什么会这样？因为他们一起度过童年时光，那是最珍贵的时光，他们曾对彼此敞开心扉，而以后再也做不到了，甚至对自己的丈夫也做不到，即便她爱丈夫胜过世间一切瑰宝。

最好与所爱的事物一刀两断，他在散步时说——一刀两断，并且期望伤口愈合。她完全理解他。这正是他们共同拥有的：不仅仅是对这片农场，对这片 kontrie，对卡鲁的爱，而是伴随爱产生的理解，这种理解是，爱或许会过分。对于他和她来说，童年的夏天有幸在如此神圣的地方度过。这种荣光不会重现；最好不要再徘徊于老地方，离开那里，为永远失去的东西哀悼。

卢卡斯无法理解何以要警惕过分的爱。对卢卡斯来说爱是简单的，是全心全意的。卢卡斯将自己全身心地献给她，作为回报，她也全身心地爱他。吾以此身躯，崇拜汝①。她的丈夫用爱唤起她内心最好的东西：即便是现在，她坐在这里一边喝茶一边看他打球，也能感觉到身体对他的暖意。她从卢卡斯身上学到了什么是爱。而她的表弟……她无法想象她的表弟会对任何一个人全心全意。他总是有所畏惧，有所保留。即便一只狗也能发现这一点。

如果卢卡斯能在这里歇一阵子就好了，如果她和他能在百鸟泉农场住上一两个晚上就好了。但是不行，明天是

---

① 原文为"With this body I thee worship."，结婚誓言中的一句。

星期一,他们得在天黑前赶回米德尔波斯。所以午饭以后他们和舅父姨妈们告别。轮到约翰的时候,她紧紧拥抱了他,感觉到他身体的抗拒。"Totsiens.(再见。)"她说,"我会给你写信的,希望你也能给我回信。""再见,"他说,"路上开车小心。"

她当天晚上就动笔写信,她穿着睡衣和拖鞋坐在自己家里厨房的桌边,她嫁过来以后有了这个厨房,并且爱上这里,厨房里有巨大的老式壁炉,有永远阴凉通风的食物贮藏间,那里的架子被她去年秋天储藏的食物和一罐罐果酱压得吱嘎作响。

亲爱的约翰,她写道,我们在默威维尔的路上抛锚的时候,我很生你的气——我希望自己没有表现得太过分,希望你能原谅我。所有的坏情绪都已经烟消云散。他们说除非你曾和一个人过夜,否则无法真正了解他(或者她)。我很高兴能有机会和你共度一晚。睡梦中我们的面具脱落,看到了彼此真实的存在。

《圣经》里期待着狮子和羔羊躺在一起的那一天,到那时,我们无需设防,因为我们不再恐惧。(放心吧,你不是狮子,我也不是羔羊。)

我想最后一次聊聊默威维尔。

我们终有一天会变老,我们如何对待父母,之后也会被同样对待。正是所谓,善有善报恶有恶报。我明白对你来说,和父亲住在一起是很艰难的事情,你已经习惯了独处,但默威维尔不是正确的解决办法。

约翰，你的困境不是你独有的。卡罗尔和我面对我们的母亲也有同样的问题。等克劳斯和卡罗尔去了美国，重担就会完全落到我和卢卡斯身上。

我知道你不是信徒，所以我不会建议你祈祷上帝的指引。我自己也不完全是信徒，但祈祷是一件好事。即便天上并没有人在听，我们至少把话说了出来，总好过藏在心里。

我希望我们能有更多时间交谈。你还记得我们小时候多爱聊天吗？对我来说那段时间的记忆很珍贵。轮到我们终结我们的故事时，我和你的故事也将终结，令人难过。

我无法告诉你我此刻对你怀有的柔情。你永远是我最爱的表弟，但不止如此。我希望能保护你免受世界侵扰，即便你或许根本不需要保护（我猜想）。我不知道应该如何处理这种感情。我们之间已经变成了一种老派的关系，不是吗，表亲关系。我们不得不记住所有人类学的规矩，谁能和谁结婚，平辈表亲、二代表亲和三代表亲的关系。

但是我很高兴我们没有实践童年誓言（你还记得吗？），我们没有结婚。你大概也很高兴。我们会是一对绝望的夫妇。

约翰，你的生命中需要一个人，一个能照顾你的人。即便你选择的人不是你一生所爱，婚姻生活也好过你现在和你父亲在一起的生活。独自度过一个又一个夜晚是不好的。抱歉我说了这样的话，但我有过痛苦的经验。

我应该撕了这封信，太尴尬了，但是我不会这么做。我对自己说，我们已经认识了那么长时间，如果我触及了不该触及的地方,你肯定会原谅我。

卢卡斯和我在各个方面都很幸福。我每天晚上都跪下祈祷(可以说是这样),感谢上天让我们相遇。我希望你也有一样的好运!

卢卡斯像是听到召唤似的来到厨房,俯下身来,亲吻她的脑袋,手滑进睡衣里,握住她的乳房。"My skat.(我的宝贝。)"他说。

你不能这么写。不行。你这是胡编乱造。

我会删掉的。他亲吻她的脑袋。"My skat,(我的宝贝,)"他说,"你什么时候上床?""这就来,"她说着放下笔,"这就来。"

Skat——她向来不喜欢这种昵称,直到从他的嘴里说出来。现在,当他轻声说出这个词,她就融化了。她是这个男人的宝贝,只要他愿意,便能随时拥有。

他们躺在彼此的怀里。床晃得吱嘎响,但是她根本不在乎,他们在自己家里,只要他们高兴,床怎么响都没问题。

又来了!

我保证,我读完以后会把文章给你,全文都给你,你想怎么删就怎么删。

"你是在给约翰写信吗?"卢卡斯说。

"是啊。他很不开心。"

"或许这是他的天性。多愁善感。"

"但他过去不是这样的。他过去是一个多么快乐的人。如果他能找到一个人带他走出自我就好了。"

但是卢卡斯睡着了。这是他的天性，他就是这种人。他像天真的孩子一样倒头就睡。

她也想和他一起进入睡梦，但是睡意来得很慢。仿佛她表弟的幽灵还徘徊不去，召唤她回到黑暗的厨房写完那封信。相信我，她低声说，我保证会继续写。

但是她醒来时已经星期一了，没有时间写信，没有时间和丈夫亲热，他们得立刻出门开车去卡尔维尼亚，她去旅馆，卢卡斯去货运仓库。她在接待处后面没有窗的小办公室里埋头整理发票；到了晚上她累得不想再继续写信，而且她也已经失去了那种感觉。想念你，她在页尾写道，即便这不是真的，她一整天都没有想起过约翰，她没有时间。爱你，她写道，玛吉。她在信封上写了地址，封了口。就这样了。

爱你，但到底有多爱？足以把约翰从困境中拯救出来？足以帮他走出自我，摆脱多愁善感的气质？她怀疑。如果他根本不需要帮助呢？如果他的伟大计划就是在默威维尔那幢房子的门廊里过周末，写诗，任由太阳暴晒在铁皮屋顶上，任由父亲在里屋咳嗽，他需要的或许正是他所能召唤的一切伤感。

这是她第一次感到疑虑，第二次是在她寄信的时候，信封已经颤颤巍巍地送到了邮箱投递口。她把信扔进去以后,她的表弟就注定会读到她写下的内容,那些内容是否真的是她所能给予的最好建议? 你生命中需要一个人。这种话会有什么帮助? 爱你。

但是她转念一想,他是一个成年人了,为什么要我来拯救他? 于是她把信封塞进了邮箱。

她等了十天,直到下个星期五才收到回信。

亲爱的玛格特:

谢谢你的来信,我们从百鸟泉农场回来的时候信已经到了,谢谢你有关婚姻的建议,建议很好,虽然有些行不通。

从百鸟泉农场回来的路上没有再发生事故。米契尔的机修师朋友手艺一流。那天让你在外面露天过了一晚,我再次抱歉。

你信中提到默威维尔,我赞同你的看法,我们的计划没有考虑周全,现在我们回到开普敦便觉得那个念头有些疯狂。在海滨买一个周末度假屋还行,但哪个头脑正常的人会想在炎热的卡鲁过暑假?

想必农场的一切都顺利。我父亲向你和卢卡斯转达他的爱意,我也一样。

约翰

就这些? 他回信里冷漠的礼貌让她震惊,气得脸颊发红。

"这是什么?"卢卡斯问。

她耸耸肩。"没什么,"她说着把信递了过去,"约翰写来的信。"

他飞快地读了一遍。"看来他们放弃默威维尔的计划了，"他说，"那就好。你干吗不高兴？"

"没什么。"她说，"就是他那种语气。"

他们坐在车里，他们两个人，车停靠在邮局跟前。每周五下午都是如此，这是他们自己制定的惯例：在商场买完东西，开车回农场前，他们要做的最后一件事情是去取出一周的信件，然后并肩坐在皮卡里翻阅。尽管她平常随便哪天都可以自己来取信，可她不要。她要和卢卡斯一起，任何事情他们能一起做都尽量一起做。

卢卡斯正全神贯注地读土地开发银行寄来的信件，有长长的附件，好几页数据，比其他纯粹的家庭事务重要得多。"你慢慢看，我去外面转转。"她说着，下车穿过了马路。

邮局是新建的，低矮笨重，用玻璃砖代替了窗户，门上装着沉重的铁栅栏。她不喜欢这个建筑，在她看来像是警察局。她怀着喜爱之情回想起已经被原地拆除的老邮局，那幢房子曾经是特鲁特家族的产业。

她的人生还没过完一半呢，就已经开始怀旧了。

这不仅仅是关于默威维尔的问题，不仅仅是关于约翰和他的父亲，关于谁要住在哪里，住在城市还是乡下。我们在干吗？这才是一直以来没有说出口的问题。他明白，她也明白。她自己的信尽管写得怯懦，至少暗示了这个问题：我们在世界此处的不毛之地干吗？如果人们就不应该生活在这里，如果教化此地的整个计划从一开始就是错误的，我

140

们为什么要把生命浪费在枯燥的劳作中？

世界的此处。她说的此处不是默威维尔或者卡尔维尼亚，而是整个卡鲁，甚至或许是整个国家。是谁的主意要铺路，造铁路，建设城镇，带来居民，把他们困在这里，在他们心里敲上铆钉，于是他们无法离开？最好能一刀两断，并且期望伤口愈合，他们在草原上散步的时候他这么说。可是要如何摆脱心灵的铆钉？

早就过了打烊时间。邮局打烊了，商店打烊了，街道空无一人。梅耶罗维茨珠宝店。森林宝贝——接受分期付款。宇宙咖啡馆。福斯基尼①时装店。

自她有记忆以来，梅耶罗维茨珠宝店（"钻石恒久远"）就已经在了。森林宝贝曾经是简·哈姆斯肉店。宇宙咖啡馆曾经是宇宙牛奶吧。福斯基尼时装店曾经是温特堡杂货商店。一切的变化，一切的繁忙景象！O droewige land（哦，可悲的土地）！福斯基尼时装店自信十足地在卡尔维尼亚开了分店。她的表弟、失败的移民、多愁善感的诗人所号称了解的关于这片土地的未来，有什么是福斯基尼不了解的吗？她的表弟相信，就连狒狒在眺望这片草原时都陷入weemoed（忧伤）。

卢卡斯相信会有政治调和。约翰或许自称是自由主义者，但卢卡斯相比约翰绝对是一个更为实际的自由主义者，也更有勇气。如果卢卡斯和她，boer 和 boervrou（男人和妻子），选择待在农场，也可以活下去。他们或许不得不勒紧

---

① 福斯基尼（The Foschini），南非知名服装连锁品牌，创立于1925年。

裤带过日子,但他们能撑住。如果卢卡斯仍然选择为货运公司开车,而她继续为旅馆算账,不是因为农场注定维持不下去,而是因为她和卢卡斯很早以前打定主意,他们要好好安置工人,付给他们体面的薪水,确保他们的孩子能去上学,等这些工人年老体弱的时候也能养活他们;而这一切的体面和扶持都需要钱,需要的钱比农场能够赚到的,或者在可预见的将来能赚到的要多。

农场不是一桩生意;她和卢卡斯很早以前就达成了共识。米德尔波斯农场是家,不仅安顿着他们两个人和未出生的孩子的魂灵,还安顿着其他十三个工人。为了赚钱养活这个小小的社群,卢卡斯不得不连续在路上开好几天的车,而她不得不在卡尔维尼亚独自过夜。她称卢卡斯为自由主义者的时候是这个意思:他有一颗慷慨的心,一颗自由的心;通过他,她也学会了拥有一颗自由的心。

作为一种生活方式,这有什么错?这个问题她想问问她那位聪明的表弟,他先是逃离南非,现在又说什么一刀两断。他想切断什么?爱?责任?我的父亲传递他的爱意,我也一样。这是什么不温不火的爱?不是这样的,她和约翰或许有血缘关系,但是不管他对她怀着怎么样的情感,都不是爱。他也不爱他的父亲,不是真的爱。他甚至不爱他自己。切断自己和所有人,所有事物的关系到底有什么意义呢?他要自由干吗呢?爱始于家庭——不是有这么一句英语谚语吗?与其永远逃避,他应该为自己找一个合适的女人,直视着她的眼睛说:你愿意嫁给我吗?你愿意嫁给我,愿意与我年迈的父亲一起生活,并且衷心地照顾他直到他去世吗？如果你愿意担负这个重任，我会爱你，忠诚于你，找到合适的工作，努力赚钱养家，积极振作，不再抱怨这片 droewige vlaktes（悲伤的平原）。她希望他此刻就在这里，在卡尔维尼亚的科克斯塔特，这样她就能 raas（斥责）他，正如英语里说的：她正在气头上。

传来一声口哨。她转身，看见卢卡斯探出车窗。Skattie, hoe mompel jy dan nou？（你怎么在自言自语？）他笑着大声说。

她和表弟没有继续通信。不久他和他的问题便不再困扰她。有更多刻不容缓的问题出现。克劳斯和卡罗尔等待许久的签证下来了，通往应许之地的签证。他们极其有效率地安排出国事务。第一步要做的，就是把母亲送回农场，母亲一直都和他们住，克劳斯也跟着称呼妈，尽管他自己在杜塞尔多夫①有一个十全十美的母亲。

他们从约翰内斯堡出发，轮流驾驶宝马车，十二个小时行驶了一千六百公里。这个成绩让克劳斯很满意，他和卡罗尔完成了高级驾驶教程，拥有了证书；他们期待在美国开车，那里的公路要比南非好得多，虽然还是比不上德国的 Autobahnen（高速公路）。

妈的情况不太好：玛格特扶她从后座下来的时候就发现了。她的脸肿着，呼吸不畅，还抱怨腿痛。卡罗尔解释说，归根到底还是因为妈的心脏不好；她在约翰内斯堡一直

---

① 杜塞尔多夫（Düsseldorf），德国城市，位于莱茵河畔。

看专家门诊,每天必须按顺序吃三次药不能间断。

克劳斯和卡罗尔在农场住了一晚,第二天返回城里。"妈的情况一旦好转,你和卢卡斯一定要带她来美国看我们,"卡罗尔说,"机票的钱我们出。"克劳斯拥抱了她,吻了她的两颊("这样更温馨")。然后他和卢卡斯握了握手。

卢卡斯讨厌他的妹夫。根本不可能去美国看望他们。至于克劳斯,他从未羞于表达他对南非的看法。"美丽的国家,"他说,"美丽的风景,丰饶的资源,但是存在很多很多问题。我不知道你们要如何解决,在我看来,事情变好之前只会越来越糟。不过这只是我个人的观点。"

她想要当面啐他,但忍住了。

毫无疑问,她和卢卡斯不在的时候,她母亲不能一个人待在农场。所以她在旅馆自己住的那间房间里又放了一张床。很不方便,对她来说意味着不再有任何隐私,但也没有其他办法。她为母亲交了全食宿的费用,尽管母亲实际上吃得和小鸟一样少。

这套新的起居安排实行到第二个星期,一个清洁员工看到她母亲跌坐在空荡荡的旅馆大堂的沙发里,不省人事,脸色发青。她立刻被送到地区医院,苏醒过来。值班医生摇了摇头。她的心跳很微弱,他说,她需要更紧急和更专业的治疗,卡尔维尼亚提供不了;可以去阿平顿,那里有一个不错的医院,但最好还是去开普敦。

玛格特不出一个小时便离开办公室,坐在救护车拥挤的后座,握着她母亲的手,出发去了开普敦。陪同她们的是一位年轻的有色人种护士,名叫阿莱塔,她浆洗得笔挺的制服和乐观的性格很快让玛格特平静下来。

原来阿莱塔出生在离这里不远的地方,赛德堡①的乌珀塔尔②,她的父母还住在那里。她去开普敦的次数已经多得数不清了。她说上个星期他们才刚把一个男人从卢里斯方丹③送去了格鲁特斯库尔医院④,他因为带锯事故被锯断了三根手指,手指装在一冷冻箱的冰块里一起送过去的。

"你母亲会好起来的,"阿莱塔说,"格鲁特斯库尔医院——是最好的。"

他们在克兰威廉⑤停车加油。比阿莱塔还年轻的救护车司机带着一个灌了咖啡的保温瓶。他递给玛格特一杯,但是玛格特谢绝了。"我正在戒咖啡,"她说(谎话),"喝了咖啡睡不着。"

她想请他俩在咖啡馆里喝一杯咖啡,想和他俩平常友好地坐一会儿,但是她这么做肯定会引起大惊小怪。上帝啊,让那个时刻快点到来吧,她暗自祈祷,到那时所有种族隔离的愚蠢行径都将被埋葬,被遗忘。

他们回到救护车里。她母亲睡着了。母亲的脸色有所好转,正在氧气面罩里平稳地呼吸。

"我必须告诉你,我多么感谢你和约翰内斯为我们做

---

① 赛德堡(Cederberg),南非西开普省的一片山区。
② 乌珀塔尔(Wuppertal),南非西开普省赛德堡山区的小镇。
③ 卢里斯方丹(Loeriesfontein),南非北开普省的小镇。
④ 格鲁特斯库尔医院(Groote Schuur Hospital),南非开普敦的一所大型医院,创立于1938年,是一所国际知名的研究机构。
⑤ 克兰威廉(Clanwilliam),南非西开普省城镇。

的一切。"她对阿莱塔说。阿莱塔回以最友善的微笑，没有丝毫嘲讽的意味。她希望她的话能够得到他们最开明的理解，包括所有她羞于表达的意思：我必须告诉你我多么感谢你和你的同事为一个年迈的白人女性和她的女儿所做的一切，这两个陌生人从未为你们做过什么，相反，还日复一日地在你们出生的土地上参与对你们的羞辱。我感激你们通过行动以及可爱的笑容教给我的东西，我从你们那里感受到人性的善意。

他们在下午交通高峰时间到达开普敦。尽管严格说来他们的情况不算紧急，但是约翰内斯还是开了警笛，冷静地在拥挤的车流中穿梭。到了医院以后她跟随轮床上的母亲一起进了急诊室。等她回过头来想向阿莱塔和约翰内斯道谢，他们已经离开了，开长途返回北开普。

等我回去！她暗自发誓，意思是说等我回到卡尔维尼亚，我一定要当面感谢他们！以及等我回去以后，我要成为更好的人，我发誓！她还在想，那个在卢里斯方丹断了三根手指的男人是谁？是不是只有我们白人才会被救护车送到医院——最好的医院！——训练有素的外科医生会把我们的断指接上，根据情况再给我们一颗新的心脏，这一切都还是免费的？别这样，上帝啊，别这样。

她再次见到母亲的时候，母亲在一个单人病房里，已经醒了，躺在干干净净的白色病床上，穿着玛格特特意为她准备的睡衣。她脸上的潮红已经退去，甚至能推开氧气面罩咕哝："真是大惊小怪！"

她把母亲纤细得像婴儿一样的手举到唇边。"胡说，"

她说，"妈，你现在必须好好休息。要是需要我，我一直在这里。"

她打算在母亲的床边过夜，但是主治医生劝阻了她。她的母亲没有危险，他说，她会有护工监护；她会服用安眠药，然后睡到明天早上。玛格特作为尽职的女儿已经累坏了，最好是自己也能好好睡上一觉。她有没有过夜的地方？

她有一个表弟在开普敦，她回答，她可以去找他。

医生年纪比她大，没有刮胡子，有一双深色的肿胀的眼睛。他说了他的名字，她没听清。他可能是犹太人，但也有其他各种可能性。他身上有股烟味，胸前的口袋里露出一个蓝色的烟盒。她是否相信他说的母亲没有危险？是的，她相信；但她向来相信医生，即便有时候她知道他们只是猜测，她也相信；因此她错误相信了自己的判断。

"你绝对保证她不会有危险吗，医生？"她说。

他疲惫地点点头。绝对没事！在人类事件中有什么绝对可言？"要照顾好你母亲，你必须先照顾好你自己。"他说。

她感觉热泪盈眶，也感觉自怜自艾。照顾好我俩！她想要哀求。她想要投入这个陌生人的怀抱，被拥抱，被安慰。"谢谢你，医生。"她说。

卢卡斯在北开普某处赶路，联系不上。她用公用电话联系了表弟约翰。"我马上过来接你，"约翰说，"你想在我们家待多久都行。"

她已经很多年没有来过开普敦。她从没去过他和他父亲居住的东海路郊外。他们的房子在高高的木栅栏后面，

147

有股浓烈的潮湿腐烂味和机油味。晚上很黑，前门进去的路没有灯；他扶着她的胳膊为她带路。"小心点，"他说，"这里乱七八糟的。"

她的舅父在前门等她，心烦意乱地迎接她：她很熟悉那种库切家的焦躁不安，他说话飞快，用手指拨着头发。"妈没事，"她宽慰他，"只是小毛病。"但是他听不进去，他沉浸在激动的情绪里。

约翰带她在屋子里转了转。屋子很小，光照不好，不通风；有湿报纸和煎培根的味道。换作是她，她会扯掉沉闷的窗帘，换上更轻更明亮的；但是在男人的世界里，当然轮不到她说了算。

他带她来到为她准备的房间。她的心一沉。地毯上油渍斑斑。靠墙有一张低矮的单人床，书和纸乱七八糟地堆在床边的书桌上。天花板上亮着的氖光灯是他们过去在旅馆办公室用的那种，已经被她拆了。

这里的每样东西看起来都是一个色调：一种接近于沉闷的黄色和肮脏的灰色之间的棕色。她非常怀疑这幢房子已经几年没有好好打扫过了。

约翰解释说这里平常是他的卧室。他换了床单，他会腾出来两个抽屉给她用。盥洗设施在走廊对面。

她去看了看盥洗设施。浴室很脏，马桶满是污垢，一股陈年尿味。

离开卡尔维尼亚以后她只吃了一块巧克力，她饿坏了。约翰做了所谓的法式吐司，白面包浸在鸡蛋里煎一煎，她吃了三片。他还给她做了奶茶，结果是酸的（她还是喝了下去）。

她的舅父悄悄走进厨房，穿着睡衣和长裤。"我来和你说声晚安，玛格特，"他说，"好好睡，当心别让跳蚤咬了。"他没有和儿子说晚安，他在儿子身边看起来明显有些犹疑。他们是不是吵架了？

"我睡不着，"她对约翰说，"我们能不能去散散步？我一整天都被关在救护车后座。"

他带着她在东海路郊外灯火通明的街道上转悠。他们经过的房子都比他的房子更大更好。"这里不久前还是农田，"他解释，"然后被分割成一块块卖了出去。我们的房子过去是农场工人的小屋。所以很简陋。哪里都漏：屋顶，墙壁。我全部的空余时间都用在修补房子上。我就像是那个用手指堵住堤坝的男孩①。"

"是的。我现在知道默威维尔的吸引力了。至少默威维尔不下雨。但是为什么不在开普敦买一栋好点的房子？你写本书啊，写本畅销书。能赚很多钱。"

只是开玩笑，但是他当真了。"我不知道怎么写畅销书，"他说，"我不太了解人和他们想入非非的生活。不管怎么说，我注定没有那种命运。"

"什么命运？"

---

① 这个典故出自美国作家玛丽·马普斯·道奇（Mary Mapes Dodge）于1865年出版的小说集《银冰鞋》（*Hans Brinker or the Silver Skates：A Story of life in Holland*）。其中有一个小故事，讲述一个荷兰男孩用手指堵住漏水的堤坝，从而拯救了他的国家。之后这个故事被改编成无数个版本。

"成为一个有钱的成功的作家。"

"那什么是你注定的命运？"

"就是现在这样。和上了年纪的父亲一起住在白人郊区漏雨的房子里。"

"胡说，这话说得真是 slap。这是你内心的库切基因在说话。只要你下定决心，明天就能改变自己的命运。"

居民区的狗对夜晚还在它们地盘上游荡和争执的陌生人不友善。狗吠此起彼伏。

"希望你能听听自己说的话，约翰，"她继续往下说，"你完全是胡说八道！如果你不能把握自己的命运，以后会变成讨厌的糟老头，只想独自缩在自己的角落里。我们回去吧。我还得早起。"

她在硬邦邦的床垫上睡得不踏实。天还没亮就起床了，为他们三个人做了咖啡和吐司。七点他们挤在达特森车里，一起去了格鲁特斯库尔医院。

她让杰克和他儿子在候诊室等着，却找不到她的母亲。她在护士站得知母亲晚上发作了一次，送回重症监护室了。玛格特应该回到候诊室，会有医生来和她说明情况。

她回到杰克和他儿子那里。候诊室已经满了。他们对面的椅子里瘫坐着一个女人，一个外地人。她的头上系着结了血痂的毛衣，遮住一只眼睛。她穿着迷你裙和橡胶凉鞋，闻起来有股发霉的亚麻和甜酒味，正低声呻吟着。

她竭力不去看那个女人，但那个女人想要挑事。

"Waarna loer jy？（你看什么看？）"女人怒目而视，"Jou mo-er！①"

她垂下眼睛，没有吭声。

她的母亲，如果她能活下去，下个月就六十八岁了。无可指责的六十八年，没有过错，幸福美满。总体而言，她是一个好女人。她是那种心烦意乱、焦虑不安的好母亲和好妻子。是那种男人容易爱上的女人，因为她明显需要保护。现在却沦落到这种鬼地方！Jou moer！——脏话。她必须尽快把母亲从这里弄出去，送去私立医院，不管花多少钱。

我的小鸟，她父亲曾经这样叫她，my tortelduifie（我的小斑鸠）。这种小鸟不愿意离开笼子。长大以后的玛格特跟母亲相比，感觉自己人高马大，笨手笨脚。谁还会那么爱我？她问自己，谁还会把我叫作他的小鸽子？

有人拍拍她的肩膀。"琼克太太？"是一个没见过的年轻护士，"你母亲醒了，她要见你。"

"跟我来。"她说。杰克和约翰跟在她身后。

她的母亲醒了，很平静，平静到看起来有些冷漠。氧气面罩换成了一根鼻管。她的眼睛失去了神采，变成了两颗暗淡的灰色石子。"玛吉？"她轻声说。

她吻了吻母亲的眉毛。"我在呢，妈。"她说。

医生进来了，还是之前的医生，眼圈发黑。他衣服的胸牌上写着克里斯塔尼。昨天下午值班，今天早上还在值班。

她母亲心脏病发作，克里斯塔尼医生说，但是现在稳定

① 南非语，意思是：你这个疯子！

151

了。她很虚弱,她的心脏正在接受电疗。

"我想把我母亲转到私立医院,"她对他说,"转到安静点的地方去。"

他摇摇头。不可能,他说。他不能同意。或许再等几天,如果她身体情况有所好转。

她往后站了站。杰克俯身对自己的姐姐低声讲话,她听不见他们在说什么。她的母亲睁着眼睛,动了动嘴唇,像是在回答。两个老人,两个天真的人,出生于旧时代,与这个变得喧嚣和愤怒的国家格格不入。

"约翰?"她说,"你想和妈说几句吗?"

他摇摇头。"她不认识我了。"他说。

(沉默。)

然后呢?

结束了。

结束了? 为什么要在这里结束?

这里似乎是个不错的结尾。"她不认识我了"是个好句子。

(沉默。)

你有什么建议吗？

　　我的建议？我还是不明白：如果这本书是关于约翰的，你为什么要写那么多我的事？谁会想读我的故事啊——我和卢卡斯以及我妈妈、卡罗尔和克劳斯的故事？

　　你是你表弟的一部分。他是你的一部分。这已经够清楚了。我想问的是，文章这样可以吗？

　　这样不行。我想再仔细看一遍，你答应的。

采访于南非，西萨默塞特①

2007 年 12 月和 2008 年 7 月

---

　　①　西萨默塞特(Somerset West)，南非西开普省的小镇。

阿德瑞娜

纳西门托太太,你是巴西人,却在南非度过了很多年。这是怎么回事?

我丈夫和我以及我们的两个女儿是从安哥拉①去南非的。我丈夫在安哥拉的一家报社工作,我在国家芭蕾舞团工作。但是1973年政府宣布进入紧急状态,关停了他的报纸。他们还想征他入伍——他们征集所有四十五岁以下男性入伍,即便不是本国公民。我们无法回到巴西,那里仍然太危险,我们在安哥拉看不到希望,于是离开了,坐船来到南非。我们不是第一个这样做的,也不会是最后一个。

为什么选择开普敦?

为什么选择开普敦?没有特殊原因,但我们在那里有一个亲戚,我丈夫的表亲在那里经营一间果蔬商店。我们到了以后便和他以及他的家人住在一起,大家都很艰难,在

――――――――

① 安哥拉(Angola),安哥拉共和国,是位于非洲西南部的国家。

我们等待居住证期间，只能九个人挤在三间房间里。后来我丈夫找到一份保安工作，我们才得以搬进自己的公寓。在一个叫埃平①的地方。几个月后，就在那场摧毁一切的灾难发生前夕，我们又搬家去了温伯格，为了离孩子们的学校近一点。

你说的是什么灾难？

我丈夫在码头附近的仓库上晚班看门。他是唯一的保安。那天发生了抢劫——一伙男人闯进来。他们袭击了他，用斧头砍了他。也可能是一把大砍刀，但更像是斧头。他一边的脸被劈开。我现在仍然不太能谈这件事。一把斧头。他们用一把斧头砍他的脸，就因为他在干自己的本职工作。我不能理解。

他怎么样了？

他脑部受伤。去世了。熬了很久，将近一年，但他还是去世了。太可怕了。

很遗憾。

是啊。他工作的那家公司又持续付了一段时间工资。

_____

① 埃平（Epping），开普敦的工业区。

后来就不付了。他们说,他们不能再管下去了,这事归社会福利部门管。社会福利部门!社会福利部门一分钱都没给过我们。我的大女儿不得不辍学。她在超市做包装工。一个星期赚一百二十兰特。我也出去找工作,但是我找不到和芭蕾相关的工作,他们对我的芭蕾舞种不感兴趣,于是我不得不在一个舞蹈工作室教课。拉丁美洲人。当时南非有很多拉丁美洲人。玛利亚·瑞吉纳留在学校念书。读完这一年,还要再过一年她才能上大学。玛利亚·瑞吉纳是我的小女儿,我希望她能拿到文凭,不要像她姐姐一样去超市上班,余生都在往货架上摆罐子。她更聪明。她喜欢读书。

在罗安达①的时候,我和丈夫尽量在晚餐时说一点英语,也说一点法语,只是想提醒女孩们,安哥拉不是全世界,但她们不太听得进去。在开普敦,英语是玛利亚·瑞吉纳学得最不好的学科。于是我给她报名参加了英语补习班。下午,学校为她这样新来的学生开设了补习班。我就是那时开始听说库切先生的,你想了解的这个男人并不是正式教师,压根不是,他只是学校雇来教补习班的。

我对玛利亚·瑞吉纳说,这个库切先生的名字听起来像是阿非利卡人。你们学校雇不起一个合格的英语教师吗?我希望你能从英国人那里学习正统的英语。

我向来不喜欢阿非利卡人。我们在安哥拉见过很多,他们在矿场工作,或是在军队当雇佣兵。他们对待黑人像对待垃圾。我不喜欢那样。我丈夫在南非学了一点南非

---

① 罗安达(Luanda),安哥拉首都。

语——他不得不学，保安公司里全是阿非利卡人——但是至于我，我甚至都不爱听那种语言。感谢上帝，学校没让女孩们学南非语，否则就太过分了。

库切先生不是阿非利卡人，玛利亚·瑞吉纳说，他留胡子，他还写诗。

阿非利卡人也可以留胡子，我告诉她，不需要非得留胡子才能写诗。我想亲眼见见库切先生，我不喜欢他的名字的发音。请他来我们家。请他过来和我们一起喝茶，看看他是否是个合格的教师。他写什么诗？

玛利亚·瑞吉纳开始烦躁。她这个年龄的孩子不喜欢家长干涉他们的学校生活。但是我告诉她，只要是我在为补习班付钱，我想怎么干涉都可以。那个人写什么样的诗？

我不知道，她说，他让我们背诗。他让我们记在心里。

他让你们把什么记在心里？我说，告诉我。

济慈①。她说。

什么济慈。我说。（我从没听说过济慈，我对英国老作家一无所知，我念书的时候不学这些。）

困顿和麻木刺入了感官，玛利亚·瑞吉纳背诵，有如饮过毒鸩②。毒鸩是毒药。它会攻击你的神经系统。

这就是库切先生让你们学的？我说。

这是书里的，她说，是以后考试会考的一首诗。

我的女儿们一直抱怨我对她们太严格了。但是我从不

① 约翰·济慈（John Keats，1795—1821），英国著名浪漫主义诗人。
② 原文是"A drowsy numbness pains my sense, as though of hemlock I had drunk."，出自济慈《夜莺颂》。此处引用的是查良铮译文。

157

顺着她们。只有像老鹰一样盯着她们,才能保护她们在这个陌生的国家不惹麻烦,毕竟这里不是我们的家,我们原本绝不应该来这里。乔安娜比较听话,乔安娜是个乖孩子,性格文静。玛利亚·瑞吉纳则更鲁莽,更不服管教。我必须牢牢管住玛利亚,管住她的诗和她的浪漫心思。

但邀请信是一个问题,如何使用恰当的措辞邀请女儿的老师来家里喝茶。我请教了马里奥的表哥,他也说不上来。最后我不得不让舞蹈工作室的接待员替我写了一封信。"亲爱的库切先生,"她写道,"我是玛利亚·瑞吉纳·纳西门托的母亲,她是您英语班上的学生,我们想邀请您来家中喝茶"——我给出地址——"某日某时间,我们会安排车辆去学校接您。敬请赐复,阿德瑞娜·特谢拉·纳西门托。"

安排车辆指的是让曼努埃尔去接老师,他是马里奥的表哥的大儿子,下午开货车送完货以后常常去学校接玛利亚·瑞吉纳回家。再捎上老师也很方便。

马里奥是你丈夫?

马里奥?是我去世的丈夫。

请继续,我就是确认一下。

库切先生是第一个来我们家做客的——第一个马里奥家以外的人。他只是一位学校教师——我们在罗安达见过很多教师，还有以前在圣保罗①的时候也一样，我对教师没有特别的敬意——但是对玛利亚·瑞吉纳和乔安娜来说，学校教师就是男神和女神，我没理由打破她们的幻想。他到访的前夜，女孩们烤了一个蛋糕，冻了起来，甚至还在上面写了字（她们想写"欢迎库切先生"，但我让他们写"圣波那文都②1974"）。她们还烤了几盘我们在巴西称为布列维达德（brevidade）的小饼干。

玛利亚·瑞吉纳很兴奋。早点回家吧，求你了，求你了！我听到她催促她姐姐，跟你主管说你病了！但是乔安娜不打算这么干。请假没那么容易，她说，不做到轮班的时间，他们会扣工资的。

于是曼努埃尔把库切先生送到我们家，我立刻看出来他不是神。我估计他三十岁出头，穿得不好，发型很糟，留着胡子，他不应该留胡子的，他的胡子太稀疏了。而且不知道为什么，他立刻给我一种 célibataire③ 的印象。我的意思不仅是他未婚，而且他不适合结婚，就像是那种终身担任神职的男人，丧失了男子气概，在女人方面变得无能。而且他的举止也不得体（我在告诉你我的第一印象）。他看起来很不自在，渴望离开。他还没有学会如何隐藏内心感受，这是通往文明礼仪的第一步。

"你做教师多久了，库切先生？"我问。

他在座位里动来动去，说了一些关于美国，关于在美国

①　圣保罗（São Paulo），巴西最大的城市。
②　玛利亚·瑞吉纳就读的学校。
③　法语，单身的意思。

159

做教师的事情,其他的我已经记不清了。我问了更多问题以后发现,在此之前他其实从没在学校里教过书,而且——更糟的是——他甚至没有教师资格证书。我当然很吃惊。"如果你没有证书,那你是怎么成为玛利亚·瑞吉纳的教师的?"我说,"我不明白。"

他又花了很长时间才挤出答案,他说像音乐、芭蕾和外语这样的学科,学校可以雇用没有教师资质的人,或者至少不需要资格证书。没有资质的教师不享有正规教师的薪水待遇,他们的工资是学校从像我这样的家长这里收取学费支付的。

"但你不是英国人。"我说。这回我不是在问问题,而是在指责。他被雇来教英语,用的是我的钱和乔安娜的钱,而他不是教师,更过分的是,他是阿非利卡人,甚至不是英国人。

"我承认我不是英国血统,"他说,"但是我从很小就说英语,也通过了大学的英语考试,所以我相信我能教英语。英语没有什么特别的。只是众多语言中的一种。"

这是他的原话。英语不过是众多语言中的一种。"我女儿不能像鹦鹉学舌那样把各种语言混为一谈,库切先生,"我说,"我希望她说正统的英语,有正统的英国口音。"

他得庆幸这时候乔安娜回来了。乔安娜当时已经二十岁,但是在男人跟前还是扭扭捏捏。和她妹妹相比,她不算美人——看,这里有一张她和丈夫、儿子们的照片,是我们搬回巴西以后照的,你能看得出来,不是一个美人,她妹妹继承了所有的美——但她是个好女孩,我一直知道她会成为好妻子。

乔安娜来到我们坐着的房间，还穿着她的雨衣（我记得她那件长雨衣）。"这是我姐姐。"玛利亚·瑞吉纳说，仿佛是在解释新来的人是谁，而不是在介绍她。乔安娜什么都没说，只是一副害羞的样子，至于那位教师库切先生，他试图起身的时候差点碰翻咖啡桌。

为什么玛利亚·瑞吉纳痴迷于这个傻男人？她看上他什么？我问自己这个问题。很容易猜出来这个孤独的célibataire看上我女儿什么，尽管她还是个孩子，但她正在成为一个真正的黑眼睛的美人。然而是什么让她为了这个男人背诵诗歌？她从没为了其他教师这么做过。他是不是对她说了什么让她昏了头？是不是这样？他俩之间是不是有什么秘密，她瞒着我？

如果这个男人对乔安娜感兴趣，我心想，那事情就另说了。乔安娜或许不懂诗歌，但她脚踏实地。

"乔安娜今年在克里克斯超市工作，"我说，"积累一点经验。明年她要去学习管理课程。她会成为经理。"

库切先生心不在焉地点点头，乔安娜什么都没说。

"把雨衣脱了吧，孩子，"我说，"过来喝点茶。"我们平常不喝茶，我们喝咖啡。乔安娜前一天为我们的客人带了点茶回来。叫作伯爵茶，很英式，但不太好喝，我想着剩下的那些茶该怎么办。

"库切先生是学校教师，"我当乔安娜不知道似的又说了一遍，"他正在告诉我们，为什么他不是英国人却能成为英语教师。"

"确切说来,我不能算是英语教师,"库切先生插话进来,对着乔安娜说,"我是外聘英语教师。也就是说学校聘我来帮助英语学习有困难的学生。我帮他们通过考试。所以我算得上是考试辅导员。这个名称更适合我,能够更好地解释我是做什么的。"

"我们非得谈论学校吗?"玛利亚·瑞吉纳说,"真无聊。"

但是我们谈论的事情一点也不无聊。或许对于库切先生来说很痛苦,但不无聊。"继续说吧。"我对他说,没有理会玛利亚·瑞吉纳。

"我没有打算一辈子都做考试辅导员,"他说,"这只是我现在的工作,我碰巧够格,为了谋生。但这不是我的使命。我被召唤到这个世界不是为了做这个的。"

被召唤到这个世界。越来越奇怪了。

"说下去吧,"我说,"给我们简单讲讲你的理念。"

"我的教学理念实际上是一种学习理念。出自柏拉图,修正过。我相信在真正的学习发生之前,学生的心里有某种对真理的渴望,某种火焰。真正的学生渴望学习。她认识或者领会到教师是比她自己更接近真理的人。她如此渴望教师内心的真理,于是愿意燃烧旧的自我去获得。对于教师来说,他认可和鼓励学生内心的火焰,燃烧更强烈的光芒以做出回应。于是他们两者共同上升至更高的境界。可以这么说。"

他停下来,微笑着。他发表完观点以后,似乎放松不少。多么奇怪,多么自负的男人! 我心想,燃烧自我! 真是胡扯！危险的胡扯！出自柏拉图！他是在逗我们玩吗？但我注意到玛利亚·瑞吉纳倾着身体,全神贯注地盯着他的脸。玛利亚·瑞吉纳可不认为他在开玩笑。事情不妙！我对自己说。

"我听着不像是教学理念啊,库切先生,"我说,"像是别的什么,我就不说是什么了,因为你是我们的客人。玛利亚,你能去拿蛋糕吗,乔安娜去帮帮她;把雨衣脱了。我的女儿们昨晚为了迎接你的到来还烤了蛋糕。"

女孩们一离开房间,我便直接说重点,压低了声音以防她们听见。"玛利亚还是个孩子,库切先生。我付钱是让她学习英语,并且拿到好的文凭。我不是付钱让你玩弄她的感情。你明白吗?"女孩们拿着蛋糕回来了,"你明白吗?"我又问了一遍。

"我们学的是我们内心深处最想学的东西,"他回答,"玛利亚想要学习——不是吗,玛利亚?"

玛利亚脸红了,坐了下来。

"玛利亚想要学习,"他重复,"而且她进步很大。她有语言天赋。或许她以后能成为作家。这个蛋糕好漂亮啊!"

"女孩会烘焙是好事,"我说,"但她要是能说流利的英语,并且在英语考试中拿到好成绩就更好了。"

"出色的演讲风范,优异的成绩,"他说,"我完全理解你的愿望。"

等他离开,女孩们上床以后,我坐下来,用蹩脚的英语给他写了一封信,我实在忍不住,这样的信我不会拿给工作室的朋友看。

尊敬的库切先生,我写道,我再重复一遍你来访时我说过的话。你是学校聘来教我女儿英语的,而不是玩弄她的感情。她还是一个孩子,而你是成年人了。如果你想要袒露自己的情感,请将情感袒露在课堂之外。你忠诚的,ATN。

这是我写在信里的话。或许你们用英语不这么说,但我们用葡萄牙语是这么说的——你的翻译会理解。请将情感袒露在课堂之外——这不是请他来追求我,而是警告他不准追求我的女儿。

我封好信封,写上他的名字。库切先生/圣波那文都,星期一早上我把信封塞进玛利亚·瑞吉纳的包里。"交给库切先生,"我说,"交到他手里。"

"这是什么?"玛利亚·瑞吉纳问。

"是家长写给女儿的老师的信,你别看。快出门吧,不然赶不上校车了。"

我当然犯了一个错误,我不应该说,你别看。玛利亚·瑞吉纳已经过了对母亲言听计从的年龄。她过了这个年龄而我还没有意识到。我还活在过去。

"你把信交给库切先生了吗?"她回家的时候我问她。

"交了。"她回答,没说别的,我认为我没必要问她,交给他之前你有没有偷偷打开自己看了?

让我吃惊的是,第二天玛利亚·瑞吉纳从她老师那里带回来一封信,不是给我的回信,而是一封邀请:我们全家是否愿意和他以及他的父亲一同野餐?起初我打算拒绝。"想想看,"我对玛利亚·瑞吉纳说,"你真的想让学校里的朋友们认为你是老师的最爱?你真的想让他们在背后说你的闲话?"但是她觉得无所谓,她想要成为老师的最爱。她强迫我,强迫我答应,乔安娜也帮她,于是最后我答应了。

家里忙成一团,女孩们做了很多烘焙,乔安娜还从店里带了食物回来,所以等库切先生星期天早晨来接我们的时候,我们带了一篮子蛋糕、饼干和甜点,足够喂饱一支军队。

他没有开轿车来接我们,他没有轿车,他开了一辆卡车过来,那种后面敞开的卡车,在巴西我们把这种车叫作加米翁内特(caminhonete)。于是女孩子们打扮得漂漂亮亮,却不得不在后面和木柴挤在一起,而我和他还有他的父亲坐在前面。

这是我唯一一次见到他的父亲。他父亲已经很老了,步履不稳,双手颤抖。一开始我以为他颤抖是因为和陌生女人坐在一起,后来才发现他的手一直在抖。他被介绍给我们的时候说:"你们好啊。"非常温和,彬彬有礼,但那之后他就不再说话。一路上他都没有说话,既没有和我说话,也没有和他儿子说话。他是一个非常安静的人,非常谦和,或者也有可能他只是畏惧一切。

我们开车上了山——太冷了,不得不停下来让女孩们穿上外套——我们来到一个公园,我现在不记得名字了,那里有松树和可以野餐的地方,当然,仅限于白人——那是一个不错的地方,因为是冬天,几乎没有人。我们刚选好野餐的地点,库切先生就忙着从卡车上卸货和生火。我指望玛利亚·瑞吉纳能帮帮他,但她溜走了,她说她想要四处看看。这可不是好迹象,如果他们之间的关系是 comme il faut①,只是老师和学生的关系,她就不会不好意思去帮忙。反而是乔安娜站了出来,乔安娜这样做很好,她非常务实,也非常能干。

于是我和他的父亲被晾在一旁,仿佛我们是两个老年人,是祖父母!我说过,我很难和他父亲交谈,他听不懂我的英语,而且怯于和女性打交道,也有可能他只是没弄明白我是谁。

接着,火还没有烧旺,就飘来乌云,天色暗了下来,开始下雨。"只是阵雨,很快会停的,"库切先生说,"你们三个去卡车里避一避吧。"于是女孩们和我躲进卡车里,他和他父亲蜷在一棵树下,大家一起等着雨停。但是雨完全没有要停的意思,不断地下,直到女孩们失去了兴致。"为什么偏偏今天下雨呢?"玛利亚·瑞吉纳像小孩一样嘀咕。"因为现在是冬天,"我告诉她,"因为现在是冬天,而聪明的人,理智的人,不会在隆冬时节出来野餐。"

库切先生和乔安娜生的火灭了。所有的木柴都湿了,我们绝对做不了饭了。"你们不如拿一些烤好的饼干给他们。"我对玛利亚·瑞吉纳说。因为我从没见过比这更悲惨的场景,那对荷兰父子并肩蜷缩在树下努力假装他们没有又湿又冷。这模样既可悲又可笑。"给他们一些饼干,

———————

① 法语,正当的,合乎体统的。

问问他们接下来怎么办。问问他们要不要带我们去海边游泳。"

我说这些是想把玛利亚·瑞吉纳逗笑,却让她更加生气;于是最终还是乔安娜冒雨去和他们讲话,带回口信说我们等雨一停就回去,去他们家里,他们给我们煮茶。"不了,"我对乔安娜说,"回去告诉库切先生不用了,我们不能去喝茶,让他直接把我们送回家,明天是星期一,玛利亚·瑞吉纳的作业还没开始做。"

这对库切先生来说当然是扫兴的一天。他原本希望给我留下好印象,或许还想向父亲炫耀,这三位迷人的巴西女士是他的朋友;到头来却载着一车淋湿的人行驶在雨中。但是对我来说却是好事,让玛利亚·瑞吉纳看看她的英雄在现实生活中的样子,这个诗人甚至不会生火。

这就是我们和库切先生一起去山里远足的故事。我们最后回到温伯格的时候,我当着他父亲和女孩们的面,对他说了我憋了一整天的话。"感谢你邀请我们出游,库切先生,你太绅士了,"我说,"但是,教师如果仅仅因为班上的女学生长得漂亮而对她特别偏爱,似乎不太好。我不是告诫你,只是希望你能反省一下。"

这是我的原话:仅仅因为她长得漂亮。我这么说把玛利亚·瑞吉纳气坏了,但是对我来说,只要我把话说清楚了,我可不在乎。

那天晚上等玛利亚·瑞吉纳上床以后,乔安娜来到我的房间。"妈妈,你非得对玛利亚那么凶吗?"她说,"真的,没有发生任何坏事。"

"没有坏事？"我说，"你对世界知道些什么？你对坏事知道些什么？你对男人知道些什么？"

"他不是一个坏人，妈妈，"她说，"你肯定能看得出来。"

"他是一个软弱的人，"我说，"软弱的人比坏人更糟。软弱的人不知道该在哪里止步。软弱的人面对自己的冲动无能为力，顺从欲望。"

"妈妈，我们都软弱。"乔安娜说。

"不，你错了，我不软弱，"我说，"如果我允许自己软弱，你和玛利亚·瑞吉纳还有我，我们会落到什么地步？上床去吧，别和玛利亚·瑞吉纳说这些。一个字也别说。她不会明白的。"

我希望库切先生的事情到此为止。但是没有，一两天以后我收到一封信，这次没有通过玛利亚·瑞吉纳转交，而是邮局寄来的，是一封正式的信，打字机打的，信封也是打字机打的。他在信里先是为失败的野餐道歉。他说他想要私下和我谈谈，但是没有机会。他能否来见我？他能否来我家，或者我是否愿意在其他地方和他见面，共进午餐？他想要强调，他心里放不下的不是玛利亚·瑞吉纳。玛利亚是一个聪明的年轻女性，心地善良；能教她是他的荣幸；我可以放心，他永远，永远不会辜负我给予他的信任。聪明并且美丽——他希望我不介意他这么说。这种美，是真正的美，不只是外表，是由内而外的心灵美；而玛利亚·瑞吉纳的美除了是从你这里继承的，还能是从哪里来的呢？

（沉默。）

然后呢？

就这些了。这就是信的主要内容。他问能不能单独见我。

我当然问自己，他怎么会以为我想见他，甚至想收到他的信。因为我从没说过任何鼓励他的话。

那你是怎么做的？你见他了吗？

我是怎么做的？我什么都没做，希望他别再烦我。我是一个服丧中的女人，尽管我丈夫还没有去世，我不想得到其他男人的关注，尤其是我女儿的老师。

你还留着那封信吗？

我没有留下任何一封他的信。我没有保留。我们离开南非的时候，我清扫了公寓，把旧的信和账单都扔了。

你没有回信吗？

没有。

你没有回信，也不愿意进一步发展你们的关系——你和库切先生之间的关系？

这是什么意思？为什么问这样的问题？你大老远从英国过来找我谈话，你告诉我你在写一本传记，主人公恰巧是很多年前我女儿的英语教师，而现在你突然认为自己可以质问我和别人的"关系"？你在写什么类型的传记？是那种好莱坞八卦吗，富豪和名流秘闻之类的？如果我拒绝讨论我和这个男人所谓的关系，你是否会说我刻意隐瞒？不是这样的，我和库切先生之间可没有——用你的话来说——关系。我会解释。对我来说，对这样一个男人动情是不自然的事情，他太柔和了，是的，太柔和了。

你在暗示他是同性恋吗？

我什么都没有暗示。但是他身上缺乏一种女人在男人身上寻求的品质，一种力量和男子气概的品质。我丈夫有这样的品质。他向来就有，巴西军队执政期间，他在监狱里度过的时间，让他的这种品质更为明显，即便他坐牢的时间不长，不过六个月。在那六个月之后，他曾经说，人类对同类做出的任何行为都再无法让他感到吃惊。库切没有类似的经历来考验他的男子气概，教给他人生的真谛。这就是为什么我说他柔和，他不是男人，他还是一个男孩。

（沉默。）

至于同性恋,没有,我没有说他是同性恋,但他确实是,就像我告诉你的,célibataire——我不知道英语里面应该怎么说。

单身汉?无性?性冷淡?

不是,不是无性。是孤僻。不适合婚姻生活。不适合作为女性的伴侣。

(沉默。)

你提到他还写来更多的信。

是的,我没有回信,于是他又来信。他写了很多信。或许他认为只要写得足够多,总有一天会打动我,就如同海浪渐渐侵蚀礁石。我把信放在抽屉里,有些甚至没有读。但是我心想,在这个男人缺失的众多东西里,众多众多东西里,其中之一是,他缺失一位爱情导师。因为如果你爱上一个女人,你不能坐下来用打字机给她写一封又一封,一页又一页的长信,每封都以"你真诚的"结尾。不能这样,你得亲笔写信,写一封真正的情书,和一束红玫瑰一起送给她。但是我又想,或许这就是荷兰新教徒陷入爱情时的行为:谨慎,婉转,没有热情,缺乏魅力。毫无疑问,如果他有机会的话,他做爱也是如此。

我把他的信放在一边,没有告诉孩子们。这是一个错误。我本可以若无其事地和玛利亚·瑞吉纳说,你的库切先生给我写了一封信为星期天的事情道歉。他提到你在英语学习上取得的进步令他欣慰。但是我保持沉默,结果造成了很多麻烦。甚至直到今天,我想,玛利亚·瑞吉纳都没有忘记或者原谅。

你理解这样的事情吗,文森特先生?你结婚了吗?你有孩子吗?

我结婚了。我们有一个孩子,男孩。他下个月就四岁了。

男孩不一样。我不了解男孩。但是我告诉你一件事情,entre nous①,你不能写进书里。我爱我的两个女儿,只是我爱玛利亚的方式和乔安娜不同。我爱她,然而在她成长的过程中,我对她非常挑剔,我从没挑剔过乔安娜。乔安娜向来很单纯,很直接。玛利亚却很迷人。她能——你们是否有这样的说法——把男人玩弄于股掌。如果你见到她就会明白我的意思。

她现在情况如何?

她结了第二次婚。现在在北美,和她的美国丈夫一起住在芝加哥。他是律师事务所的律师。我想她和他在一起

---

① 法语、保守秘密。

很幸福。我想她和世界和解了。在此之前她有些私人问题，我就不说了。

你有她的照片吗，我或许能用在书里？

我不知道。我得找找。我会想一想。但是现在太晚了。你的同事肯定累了。是啊，我知道做翻译有多累。外人看起来很简单，但实际上必须始终全神贯注，不能有丝毫松懈，大脑会疲劳，所以我们今天到此为止。你把录音机关了吧。

我们能不能明天接着谈？

明天不方便。星期三吧。有关库切先生和我的故事不是很长。如果让你感到失望我很抱歉。你大老远赶来，却发现没有和舞者的伟大爱情故事，只是一段短暂的迷恋，我会这么描述，一段短暂的单向的迷恋，没能发展成任何故事。星期三同样的时间再过来吧，我会请你喝茶。

你上次问我要照片，我找过了，但是如我所料，那些年在开普敦的照片我一张都找不到。不过，我找出来这张。这是我们回到圣保罗的那天，在机场，我姐姐来接我们的时候照的。看，这就是我们，我们三个人。这是玛利亚·瑞吉纳。日期是1977年，她十八岁，马上十九岁了。你看是吧，她是一个好身材的漂亮女孩。这是乔安娜，这是我。

她们都很高,你的这两个女儿。她们的父亲高吗?

是的,马里奥是个大高个。女孩们没那么高,但她们站在我旁边显得高。

嗯,谢谢你给我看照片。我能拿去翻印一张吗?

用在你的书里?不行,我不能答应。如果你想要在书里用玛利亚·瑞吉纳的照片,你得自己去问她,我不能替她做主。

我想在书里放一张你们三个人的合影。

不行。如果你想用女孩们的照片,你得去问她们。至于我的照片,不行,我不能答应。这会引起误解。人们会认为我是他生命中的一个女人,但事实绝非如此。

但你对他来说很重要。他爱过你。

这是你说的。但事实上,要说爱,他爱的不是我,而是他自己大脑中的幻想,他赋予幻想以我的名字。你认为把我作为他的爱人写进你的书里我应该受宠若惊?你错了。对我来说这个男人不是什么著名作家,他只是学校教师,甚至都没有资格证书。所以不行。不能放照片。还有什么?

你还想要我告诉你什么？

你上次提到他写给你的信。我知道你说过，你没有全部读过，但是你有没有可能回忆起更多信件的内容？

有一封信是关于弗朗茨·舒伯特的——你知道舒伯特，那个音乐家。他说聆听舒伯特的音乐，教给了他一个关于爱情的伟大秘密：我们如何像过去的化学家升华基本物质那样升华爱情。我记得这封信是因为升华这个词。升华基本物质：我不懂这是什么意思。我在给女孩们买的英语大词典里查找升华这个词。升华：加热某种物质，并且提炼其精华。我们在葡萄牙语里也有这个词语，sublimar，尽管不太常用。但他的话是什么意思？他闭着眼睛聆听舒伯特的音乐时，在意识中加热对我的爱，加热他的基本物质，升华为某种更高级、更精神化的东西？胡扯，比胡扯还糟。这没有让我爱他，相反，让我退缩。

他从舒伯特那里学会升华爱情，他说。直到遇见我他才理解，为什么在音乐里，律动被称为律动。动中有静，静中有动。这又是一句让我犯晕的话。他是什么意思，为什么他要写这种东西给我。

你的记忆力很好。

是啊，我记忆力没问题。我的身体就另说了。我的髋部有关节炎，所以我拄着拐杖。他们称之为舞者的诅咒。

175

那种痛——你不会相信有多痛！但是南非的事情我记得非常清楚。我记得我们在温伯格住的公寓，就是库切先生来喝茶的地方。我记得那里的山，桌山①。公寓就在山脚下，所以下午晒不到太阳。我恨温伯格，我恨我们在那里度过的全部时光，起初我丈夫在医院，后来他去世了。我很孤独，难以向你诉说我有多孤独。因为孤独，情况比在罗安达时还要糟糕。如果你的库切先生给予我们友谊，我不会对他那么苛刻，那么冷漠。但是我对爱情提不起兴致，我依然亲近我的丈夫，我依然在为他哀悼。而这个库切先生还是一个男孩。我是一个女人，他却是一个男孩。他是一个男孩，正如牧师永远是男孩，直到有一天他突然变成老头。爱情的升华！他想教我什么是爱情，而这样一个对生活一无所知的男孩能教我什么？或许我本来可以教教他，但我对他没兴趣。我只希望他别碰玛利亚·瑞吉纳。

你说，如果他给予你们友谊，那情况就会完全不同。你指的是哪种友谊？

哪种友谊？我来告诉你。我和你说过的那场灾难落到我们身上之后的很长一段时间，我不得不和官僚机构斗争，先是争取赔偿金，然后是乔安娜的文件——乔安娜是在我们结婚之前出生的，所以法律上讲，她不是我丈夫的女儿，她甚至不是他的继女，我就不和你说细节了。我知道所有

---

① 桌山（Table Mountain），能俯瞰开普敦市的一座平顶山。

国家的官僚机构都是迷宫,我不是说南非是世界上最糟的,但是我整天整天地排队,就为了得到一个橡皮图章印——证明这个的橡皮图章印,证明那个的橡皮图章印——而且我总是,总是走错办公室,找错部门,排错队伍。

如果我们是葡萄牙人,情况就不同了。当时有很多葡萄牙人从莫桑比克①、安哥拉甚至马德拉②来到南美,有很多帮助葡萄牙人的机构。但我们从巴西来,没有针对巴西人的规章制度,没有先例,对于官僚来说,我们就好像是从火星来到他们的国家。

还有我丈夫的问题。他们会对我说,你不能签字,必须你丈夫来签字。我就说我丈夫不能签字,我丈夫在医院里。他们说那你带去医院让他签字然后再带回来。我说我丈夫不能签任何东西,他在斯蒂克兰德③,你们不知道斯蒂克兰德吗?他们说那让他按个手印。我说他不能按手印,有时候他甚至不能呼吸。他们说那我们帮不了你了。你去某某办公室,和他们说说——或许他们能帮到你。

我都不得不用从学校课本里学来的烂英文,独自完成所有申诉和请愿,没人帮我。在巴西,事情会很好办,我们在巴西有那种叫作 despachantes(代理人)的:他们和政府办公室有联络,知道如何把你的文件送出迷宫,你只需付费

---

① 莫桑比克(Moçambique),全称莫桑比克共和国,位于非洲东南部,毗邻印度洋。

② 马德拉(Madeira),葡萄牙在其国土西南方的北大西洋中央所辖群岛。

③ 即斯蒂克兰德医院(Stikland Hospital),坐落在开普敦的郊区贝尔维尔。

给他们，他们就会按部就班地为你办完所有烦人的事务。我在开普敦需要的是这个：一个代理人，能帮帮我。库切先生原本可以成为我的代理人。成为我的代理人，成为我女儿们的保护者。这样的话，我就能允许自己软弱下来，做一个普通的软弱的女人，哪怕一会儿，哪怕一天也好。但事实并非如此，我不敢放松，否则我们会怎么样，我的女儿们和我会怎么样？

你知道吗，有时候我在这个丑陋的大风凛凛的城市里，步履维艰地走在街上，从一个政府办公室去往另外一个，我能听见喉咙里发出轻轻的呼喊，咿—咿—咿，声音轻得我周围的人都听不见。我痛苦万分，我像一只动物一样在痛苦中呼喊。

我和你说说我可怜的丈夫吧。袭击之后的那天早晨，他们打开仓库，发现他躺在血泊中，非常肯定他已经死了。他们打算直接把他送到殡仪馆。但他没有死。他是一个强壮的男人，他和死亡斗争，拖延死亡的到来。在城里的那个医院里，我忘记了医院的名字，很著名的那个，他们给他的大脑做了一次又一次手术。然后他们把他转移到了我刚刚提到的斯蒂克兰德医院，医院在城外，要坐一个小时的火车。斯蒂克兰德医院只有星期天开放探访。所以每个星期天早晨我都从开普敦坐火车去那里，下午再坐火车回来。这是我记得的另外一件事情，仿若昨日：那些来来回回的悲伤旅途。

我丈夫的情况没有好转，没有变化。一个星期又一个星期，我来到医院，他用和以前一模一样的姿势躺着，双目紧闭,胳膊放在两侧。他们一直给他剃头,所以能看到头皮上缝合的伤疤。很长一段时间,他脸上还戴着金属丝面罩,因为那里做了皮肤移植。

我丈夫在斯蒂克兰德医院的那段时间里,始终没有睁开过眼睛,从没见过我,从没听到过我的声音。他活着,他在呼吸,但他陷入深深的昏迷,和死了没有区别。我还没有正式成为寡妇,但就我而言,我已经在哀悼,为他,为我们所有人,我们在这片残酷的土地上,无依无靠,无能为力。

我要求把他带回温伯格的家里,这样我可以亲自照顾他,但他们不放他走。他们说他们还没放弃。他们希望穿过他大脑的电流能够突然戏法奏效(他们是这样说的。)

于是那些医生把他留在斯蒂克兰德医院,继续对他实施戏法。除此之外,他们根本不在乎他,这样一个陌生人,来自火星的人,早就该死了却还没有死。

我对自己保证,等他们放弃电流疗法,我就带他回家。他可以体面地死去,如果这是他所希望的话。因为尽管他没有意识,我知道他从内心深处能感觉到自己遭受的羞辱。如果他能够体面而平静地死去,我们也都将得以解脱,我和我的女儿们。然后我们就可以唾弃南非这片恶土,离开这里。但是他们直到最后都不让他走。

于是我一个星期天接着一个星期天,坐在他的病床边。再也不会有一个女人怀着爱意看着这张被毁坏的脸,我告诉自己,所以我至少要毫无畏惧地看着他。

我记得隔壁床(本来只能容纳六张病床的病房里至少放了十二张床),躺着一个老人,骨瘦如柴,奄奄一息,他的腕骨和鼻梁骨似乎快要顶穿皮肤。尽管他没有访客，每次我去的时候，他都醒着。他会把水汪汪的蓝眼睛转向我，帮帮我，求你了，他仿佛在说，让我死吧！但我不能帮他。

感谢上帝，玛利亚·瑞吉纳从没去过那个地方。精神病医院不是孩子该去的地方。第一个星期天我让乔安娜陪我去，我不熟悉铁道线路。即便是乔安娜也非常不安，不仅因为她父亲那般模样，还因为她在医院里看到的其他场景，都是女孩不应该目睹的东西。

他为什么非得待在这里？我问那个说要变戏法的医生。他没有疯——他为什么要和疯子们在一起？医生说因为我们有针对他这种情况的设备。因为我们有器械。我应该问问他说的是什么器械，但是我太心烦意乱。后来我明白了。他说的是休克疗法器械，让我丈夫的身体抽搐，期望戏法奏效，能使他恢复意识。

如果我不得不待在那个拥挤的病房里度过整个星期天，我自己肯定也发疯了。我会出去透透气，在医院院子里四处走走。在僻静角落的一棵树下，有一张我最喜欢的长椅。有一天，我来到长椅旁，发现那里坐着一个女人，旁边放着她的婴儿。在大部分地方——公共花园和车站站台等等——长椅上都会标示着白人或者非白人；然而这张长椅上没有。我对那个女人说，宝宝真漂亮啊，诸如此类的话，想要友善一些。她的脸上露出惊恐的表情。Dankie, mies（谢谢你，小姐），她低声说，然后抱起婴儿蹑手蹑脚地离开了。

我和他们不一样。我想对她喊。但我当然没有喊。

我希望时间流逝，我又不希望时间流逝。我想待在马里奥身边，我又想离开他，摆脱他。起初我还会带一本书，打算坐在他旁边读。但是在那样的地方我没法读书，我集中不了精神。我心想，我应该开始编织。在这沉重黏滞的时间流逝中，我可以织出一整个床罩。

我年轻时在巴西，从来没有足够的时间去做所有我想做的事情。如今时间成了我最大的敌人，时间过不完。我多么希望一切都快点到头，这生命，这死亡，这生不如死！我们搭船来南非真是致命的错误！

好了。这就是马里奥的故事。

他死在医院里？

他死在那里。他本可以活得更久，他身体强壮，像一头公牛。他们发现戏法不会奏效时，就不再关心他。或许他们也停止了给他喂食，我不能确定，在我看来他始终是那样，没有变瘦。然而说实话，我不在乎，我们想要解脱，我们所有人，他和我，还有医生也是。

我们把他葬在距离医院不远的墓地，我忘记了那个地方的名字。所以他的墓在非洲。我再也没有回去过，但我有时候会想起他，想起他孤零零地躺在那里。

几点了？我突然很累，很难过。想起那段日子总是让我痛苦。

我们要不要停下来？

不用,接着说吧。没有太多要说的了。我和你说说我的舞蹈课,因为你的库切先生就是在那里追求我的。然后或许你能回答我的一个问题。然后我们就结束了。

我当时找不到合适的工作。对于像我这样的民俗舞蹈①演员来说,没有符合我专业的职位。南美的芭蕾舞团只跳《天鹅湖》和《吉赛尔》,以证明他们多么具有欧洲风范。所以我接受了我告诉你的那个工作,在舞蹈工作室里教拉美舞蹈。我的大部分学生是所谓的有色人种。白天他们在商店或者办公室工作,晚上他们来工作室学习最新的拉美舞步。我喜欢他们。他们都是好人,友善,温柔。他们对拉美怀着浪漫幻想,特别是对巴西。以为那里都是棕榈树,都是海滩。他们认为在巴西像他们这样的人会有回家的感觉。我没有说任何会让他们失望的话。

每个月都接收新学员,这是工作室的制度。没有人会被拒之门外。只要学生付了钱,我就得教他们。有一天我走进新的班级,看见他也在学生中间,他的名字在名单上:库切,约翰。

唉,我都说不出有多心烦。公开演出的舞蹈演员被仰慕者追求很正常。我习惯了。但是今非昔比,我不再上台演出,我只是一名教师,我有权不被骚扰。

我没有和他打招呼。我希望他立刻明白他不受欢迎。

---

① 民俗舞蹈(Balet Folklórico),传统墨西哥舞蹈的统称,在编舞中加入了芭蕾元素。

他在想什么——如果他在我跟前跳舞,便能融化我心中的坚冰?太疯狂了!更疯狂的是他没有舞蹈的感觉,毫无天赋。我一开始就知道,从他走路的样子就能看出来。他的身体很拘束。他动起来的时候,身体像是一匹被他驾驭着的马,马不喜欢身上的骑手,不听使唤。只有在南非我才会遇见这样的男人,身体僵硬,不协调,教不了。他们为什么要来非洲,我心想——来非洲,来舞蹈之乡?他们应该好好待在荷兰,坐在护栏后面的账房里,用冷冷的手指数钱。

我尽职上课,一下课就立刻从后门离开教室。我不想和库切先生说话,我希望他不要再来。

然而第二天晚上他又来了,顽强地跟从指令跳着他完全找不到感觉的舞步。我能看得出来其他学生都不喜欢他。他们避免和他搭档。至于我,有他在教室里,打消了我所有的乐趣。我尽量无视他,但他无法被无视,他盯着我,消耗我的生命。

下课以后我叫他留下。"请不要这样!"只剩下我俩的时候我立刻对他说。他乖乖地看着我,一声不吭。我能闻到他身上冰凉的汗水味。我有一种冲动想要揍他,想要扇他耳光。"不要这样!"我说,"不要再跟着我,我不想再在这里见到你。不要再那样看着我。不要再逼我羞辱你。"

我本来还有更多的话想说,但我害怕自己会失去控制,大喊大叫。

之后我去找舞蹈工作室的老板安德森先生谈了谈。我说我班上有个学生影响了其他人——请把他的学费退给他,叫他离开。但是安德森先生不答应。他说如果有学生扰乱课堂,你有责任制止。我说这个人没有做错什么,他只是令人不适。安德森先生说你不能因为一个学生令人不适就赶他走。再想想办法。

第二天晚上我又叫他留下。没有隐蔽的地方可以去,我只能在走廊里和他讲话。"这是我的工作,你在干扰我的工作。"我说,"离开这里,别来烦我。"

他没有回答,但是伸出一只手来碰了碰我的脸。这是他唯一一次触碰我。我内心的愤怒爆发了。我甩开他的手。"这不是什么爱情游戏!"我压低声音说,"难道你看不出来我讨厌你吗?离我远点,也离我的孩子远点,否则我就去学校检举你!"

这是实话:如果不是他往我女儿的头脑里灌输危险的胡言乱语,我绝对不会叫他来我们家,那他就不会开始拙劣地追求我。不管怎么说,一个成年男人在一所女子学校里干吗?圣波那文都应该是一所修女学校,只是那里没有修女。

我讨厌他也是事实。我不怕说出来。他逼得我讨厌他。

但是当我说出讨厌这个词,他慌乱地看着我,仿佛无法相信自己的耳朵——他愿意为之付出自我的女人竟然拒绝他。他不知道该怎么做,正如他不知道在舞池里该怎么做。我看到他这副困惑和无助的模样并不感到快乐。就好像这个不会跳舞的男人正裸体在我跟前跳舞。我想吼他。我想揍他。我想哭。

（沉默。）

这不是你想听到的故事吧？你想写进书里的是一个完全不同的故事。你想听到你的主人公和美丽的外国芭蕾舞演员之间的罗曼史。唉，我告诉你的不是罗曼史，是事实。或许太过真实。或许太过真实以至于你没法写进书里，我不知道，我不在乎。

继续说吧。库切在你故事里的形象不太有尊严。我不否认，但是我保证一个字都不会改。

你说没有尊严。好吧，或许陷入爱情就得冒这份险。得冒着失去尊严的风险。

（沉默。）

不管怎么说，我又回去找安德森先生。我说如果不把那个男人赶出教室，我就辞职。安德森先生说我会想想办法。我们都要对付麻烦的学生，你不是唯一一个。我说他不是麻烦，他是疯了。

他疯了吗？我不知道。但他肯定对我有 idée fixe①。

第二天我去了我女儿的学校找校长，正如我警告过他的。我被告知校长在忙，我得等等。我说那我等着。我在

_____

① 法语，意思是执念。

秘书办公室里等了一个小时。连一句客气话都没有。没有人问我，你要不要喝杯茶，纳西门托太太？最后看我明摆着不会离开，他们投降了，让我见了校长。

"我想和你谈谈有关我女儿英语课的问题，"我对她说，"我想让女儿继续上课，但我希望她能有一个具有合格资质的正规教师。如果要付更多学费，我愿意付。"

校长从文件柜里拿出一个文件夹。"据库切先生说，玛利亚·瑞吉纳英语进步很大，"她说，"其他老师也认同。所以到底是什么问题？"

"我不能告诉你是什么问题，"我说，"我只希望她能换老师。"

校长不是傻子。我说不能告诉她是什么问题，她就立刻明白是什么问题了。"纳西门托太太，"她说，"如果我理解得没错，你提出了非常严重的控诉。但除非你愿意说得更具体，否则我无法采信你的控诉。你是在控诉库切先生对你女儿的行为吗？你是说他行为不当吗？"

她不是傻子，但我也不是。行为不当：这是什么意思？我打算起诉库切先生，在起诉书上签下我的名字，然后在法庭接受法官审问吗？不是这样的。"我不是控诉库切先生，"我说，"我只是问问你，学校里有没有正规的英语教师，玛利亚·瑞吉纳能不能换班级。"

校长面露难色。她摇摇头。"不可能，"她说，"只有库切先生，他是我们员工里唯一一个教英语补习班的教师。玛利亚·瑞吉纳没有其他班级可以去。我们没有条件给学生很多教师以供选择，纳西门托太太。另外，我非常诚恳地请你考虑一下,如果我们今天讨论的只是库切先生的教学水准,那么你是否是最有资格评价他教学的人?"

我知道你是英国人,文森特先生,不是针对你,但是某种英国风度让我恼火,让很多人恼火,侮辱人的话用漂亮的词语说出来,像包着糖衣的药。拉丁佬——你以为我不知道这个词语吗,文森特先生? 你这个葡萄牙拉丁佬! 她是说——你怎么胆敢跑到这里来批评我的学校! 滚回你的贫民窟去!

"我是玛利亚·瑞吉纳的母亲,"我说,"什么对我女儿是好的,什么是不好的,我一个人说了算。我来这里不是要找你麻烦,或者找库切先生和其他任何人的麻烦,但是我现在告诉你,玛利亚·瑞吉纳不会再继续在那个人的班里上课。我把话放在这里了,就这样决定了。我付钱让我女儿来上一所好学校,女子学校,我不希望她班上的教师是一个不正规的教师,他没有资质,他甚至不是英国人,他是个布尔人①。"

或许我不应该用这个词,这个词就和拉丁佬一样,但是我很生气,我被激怒了。布尔人——说出这个词像是在她小小的办公室里扔了一颗炸弹。这是一个爆炸性词语。但要好过发疯这个词。如果我说玛利亚·瑞吉纳的老师,以及他那些难懂的诗歌和他想要燃烧更强烈的光芒以启迪学生的愿望是发疯,那这间办公室真的要爆炸了。

---

① 原文 Boer,南非和荷兰语中农民的意思。在南非,布尔人指的是十八、十九世纪居住在南非境内白人移民定居者的后代。具有贬义。

那女人的脸色一沉。她说:"纳西门托太太,谁有资格在这里教书是由我和校委会决定的。根据我和校委会的判断,库切先生拥有英语的大学文凭,完全胜任这里的工作。如你所愿,你可以让你女儿离开他的班级,你也可以让你女儿转校,这是你的权力。但是记住,最后遭殃的是你女儿自己。"

"我会让她离开那个老师的班级,但我不会让她转校,"我回答,"我希望她能获得良好的教育,我会自己为她找一个英语老师。谢谢你见我。你认为我只是一个可怜的难民女人,什么都不懂。你错了。如果我把我们家的故事都告诉你,你就会知道你错得有多离谱。再见。"

难民。在他们的国家,他们始终称我为难民,而我一心只想要离开那里。

玛利亚·瑞吉纳第二天从学校回来以后,我经历了一场名副其实的风暴。"你怎么能这样,mãe①,"她冲我吼叫,"你怎么能背着我搞这些事情?你为什么总要干涉我的生活?"

自从库切先生出现以来的几个星期,几个月,玛利亚·瑞吉纳和我之间的关系就一直很紧张。但是我女儿以前从没对我使用过这样的言辞。我试着让她平静下来。我告诉她,我们和其他家庭不一样。别人家的女孩没有躺在医院里的父亲,母亲也不需要忍辱负重去赚几个铜板,这样在家里从来不做家务,也从来不说谢谢的孩子才能去上这样那

---

① 葡萄牙语,妈妈。

样的补习班。

这当然不是事实。乔安娜和玛利亚·瑞吉纳都是好得不能再好的女儿,她们都是又认真又勤奋的孩子。但是有时候就得要严厉一些,即便是对我们爱的人。

玛利亚·瑞吉纳完全听不进我的话,她气坏了。"我恨你!"她大叫,"你以为我不知道你为什么要这么做!因为你嫉妒我,因为你不希望我见库切先生,因为你自己想要他!"

"我嫉妒你?胡说八道!我要这个男人干吗,这个男人甚至都不是真正的男人。是啊,我说他不是真正的男人!你一个孩子对男人知道些什么?你认为这个男人为什么要待在年轻女孩中间?你认为这正常吗?你认为他为什么鼓励你们做梦,鼓励你们幻想?这种男人不应该被允许靠近学校。还有你——你应该谢谢我救了你。你还骂我,指责我,我可是你的母亲!"

我见她无声地动着嘴唇,仿佛找不到足够怨恨的词语说出心中所想。然后她转身跑出房间。过了一会儿她回来了,手里挥着那个男人的信,是她的老师写给我的信,我把这些信放在抽屉里没什么特殊原因,我当然不是要珍藏它们。"他给你写情书!"她尖叫,"你也给他写情书!真恶心!如果他不正常,你为什么要给他写情书?"

她说的当然不是事实。我没有给他写过情书,一封也没有。但是我怎么才能让这个可怜的女孩相信呢?"你怎么敢这样!"我说,"你怎么敢偷看我的私人信件!"

我当时多么希望自己已经烧了他的这些信,我从没想

189

要收到的信!

玛利亚·瑞吉纳哭了。"我要是没听你的话就好了，"她啜泣着说，"我要是没让你邀请他来我们家就好了。你毁了一切。"

"我可怜的孩子!"我说着把她搂进怀里，"我从没给库切先生写过信，你必须相信我。他确实写信给我，我不知道为什么，但我从没回过信。我对他没有那方面的兴趣，一点都没有。不要让他插在我们中间，亲爱的。我只是想保护你。他不合适你。他是成年人，你还是一个孩子。我会再给你找一个老师。我会给你找一个私人教师，来家里给你上课。我们会有办法的。请老师花不了多少钱。我们找一个有正规资质的老师，知道如何帮你应对考试。然后我们把整件不开心的事情都忘了吧。"

有关他的信以及他的信给我惹的麻烦就是这些了，我说完了。

他没有再写过信吗?

又写过一封，但我没有打开。我在信封上写了"退回寄件人"，放在门厅等邮递员来取。"看到了?"我对玛利亚·瑞吉纳说，"看到我是怎么对待他的信了?"

舞蹈班的事情后来怎么样了?

他没有再来。安德森先生和他聊了聊，他不来了。或许他还拿回了学费,我不知道。

你又给玛利亚·瑞吉纳找了一位老师吗?

是的,我又找了一位老师,是一位女士,退休教师。花了很多钱,但是和孩子的前途相比,钱又算什么。

你和约翰·库切的关系就此结束了吗?

是的。彻彻底底。

你再也没有见过他,再也没有他的音讯?

我再也没有见他。我确信玛利亚·瑞吉纳也没有再见他。他或许满脑子罗曼蒂克的胡思乱想,但他过于荷兰风范,不会鲁莽。当他意识到我是认真的,不是在和他玩爱情游戏,他就放弃了追求。他没有再缠着我们。他那伟大的激情到最后根本不伟大。也有可能他又爱上了其他人。

可能是。可能不是。可能他将你留在心里。或者是将你这个概念。

你为什么这么说?

(沉默。)

嗯，或许是这样。你研究他的人生，你更了解他。对于有的人来说，只要他们在爱，爱上谁并不重要。或许他就是这样的人。

（沉默。）

回顾往事，你是如何看待这整件事情的？你还生他气吗？

生气？不了。像库切先生这样一个孤独古怪的年轻人，成天阅读老哲学家的书，还写诗，我能理解他为什么喜欢上玛利亚·瑞吉纳，玛利亚·瑞吉纳是真正的美人，令很多人心碎。但玛利亚·瑞吉纳看上他什么，就不好说了；不过她当时年纪还小，容易受人影响，而他奉承她，让她认为自己和别的女孩不一样，前途似锦。

然后当她带他回家时，他打量着我，我能看出来他或许改变了主意，反而决定把我当成他的真爱。我不是说自己是大美人，我当然已经不再年轻，但是玛利亚·瑞吉纳和我长得很像：同样的骨骼，同样的头发，同样的黑眼睛。爱一个女人比爱一个孩子更现实，不是吗？更现实，危险更小。

他想从我这里得到什么，从一个不回应他，也不给予他鼓励的女人这里得到什么？他想和我睡吗？对于男人来说，和一个不想要他的女人睡有什么乐趣？因为，真的，我不想要这个男人，我对他没有丝毫感觉。而且如果我和自己女儿的老师交往会怎么样？我能守住秘密吗？我肯定瞒不过玛利亚·瑞吉纳。我会在孩子们跟前让自己蒙羞。即便在我和他单独相处的时候，我也会想，他渴望的不是我，是又年轻又漂亮的玛利亚·瑞吉纳，但是他得不到她。

但或许他真正想要的是我们俩，玛利亚·瑞吉纳和我，母亲和女儿——或许那是他的幻想，我不清楚，我看不透他的想法。

我记得在我的学生时代，存在主义是一种时尚，我们都必须是存在主义者。但是要被承认是存在主义者，你得先证明自己是一个我行我素的人，是一个极端分子。不服从任何管束！自由自在！——我们被这样告知。但是我问自己，如果我服从他人要我自由的命令，我又有何自由可言？

我想库切就是这样的。他打定主意要成为存在主义者，浪漫派和我行我素的人。问题在于，这不是他发自内心的愿望，因此他不知道要如何成为。自由，情欲，性爱——这些都是他大脑中的概念，而不是植根于身体的欲望。他对此没有天赋。他不是好色之人。而且我怀疑，他暗地里是否就是喜欢女人冷漠疏离。

你说你决定不看他的最后一封信。你后悔这个决定吗？

为什么？我为什么要后悔？

因为库切是一个作家，知道如何遣词造句。说不定你没有读的那封信里有些话能打动你,或者改变你对他的感觉呢?

文森特先生,在你眼中,约翰·库切是一个伟大的作家,是一个重要人物。我理解,不然你为什么会在这里,不然你为什么要写这本书?对我来说则不是这么一回事——抱歉我这么说,但他已经去世了,我不会再伤害到他的感情——对我来说他什么都不是。他什么都不是,什么都不是,只是一桩烦恼,一场尴尬。他什么都不是,他说的话什么都不是。我能看出来你生气了,因为我让他显得像个傻子。然而在我看来,他就是傻子。

至于他的信,给一个女人写信不能证明你爱她。这个男人不爱我,他爱的是我这个概念,是他自己头脑里假想出来的拉丁情人。我真希望他爱的不是我,而是其他某个作家,某个空想家。这样他俩或许会快乐,整天和彼此的概念做爱。

你认为我这么说话很残酷,但并非如此,我只是一个务实的人。我女儿的语言老师,一个彻底的陌生人,给我写来信件,通篇都是他关于这个或那个的想法,关于音乐、化学、哲学、天使和神,以及其他各种,一页又一页,还有诗歌,我没有读,也没有为了后代去记住里面的内容,我只想知道一件简单而实际的事情,那就是,这个男人和我还只是孩子的女儿之间到底发生了什么?因为——请原谅我这么说——在一切美好的词语背后,一个男人想要从一个女人那里获得的通常都是非常基本和非常简单的东西。

194

你说还有诗歌？

我不懂诗歌。玛利亚·瑞吉纳喜欢诗歌。

你一点也想不起来了吗？

那些诗歌非常现代，非常智性，非常晦涩。所以我说这是一个大错误。他认为我是那种可以在黑暗中躺在床上一起讨论诗歌的女人；但我根本不是。我是一个妻子，一个母亲，我的丈夫被关在医院里，就和在监狱或者坟墓里差不多，我要保护两个女儿的安全，在这样一个坏人会带着斧子来偷钱的世界。我实在没有时间来怜悯这个拜倒在我脚下羞辱自己的无知的年轻人。而且坦白说，如果我想要一个男人，也不会是像他这样的。

因为，我向你保证——抱歉我耽搁你那么久——我向你保证，我不是没有感情的人，远非如此。你不要对我有这种错误印象。我对世界并没有死心。早晨，乔安娜在上班，玛利亚·瑞吉纳在上学的时候，阳光照进我们平时阴沉昏暗的小公寓，我有时会站在窗边的阳光里，倾听小鸟的叫声，感受脸颊和胸口的温暖；在那样的时刻，我会希望再次成为女人。我还没有太老，我只是在等待。好了。谢谢你的聆听。

你上次说你有一个问题要问我。

是的,我忘记了,我有一个问题。是这样。我通常不会看错人;请告诉我,我是否错看了约翰·库切?因为坦白讲,对我而言,他谁都不是。他不是一个有成就的人。或许他写得很好,或许他有文字天赋,我不知道,我从没读过他的书,我对此一点也不好奇。我知道他后来享有盛名,但他真的是一个伟大的作家吗?因为我认为,要成为伟大的作家,光有文字天赋是不够的,还必须是一个伟大的人。他不是一个伟大的人。他是一个小人物,一个无足轻重的小人物。我无法一条一条给你列举我这么说的理由,但这是我从一开始,从见到他的那一刻起就产生的印象,之后发生的事情都没有改变这个印象。所以我想问问你。你深入地研究过他,你在写一本有关他的书。告诉我:你是如何评价他的? 是我错了吗?

我对他作为一个作家的评价,还是我对他作为一个人的评价?

作为一个人。

我说不上来。在没有当面见过的情况下,我不愿对任何人做出评价。无论是他,还是她。但是我想,库切遇见你的时候很孤独,非同寻常地孤独。或许这解释了某种——我该怎么说?——某种行为上的夸张。

你怎么知道？

根据他留下的资料。根据我对他的了解。他有点孤独，有点绝望。

没错，但我们都有点绝望，那就是人生。如果你坚强，就能战胜绝望。这就是为什么我要问：如果你只是一个平凡的小人物，如何能成为伟大的作家？当然你内心肯定有某种火焰将你和芸芸众生区分开来。如果读了他的书，或许能在书里看到这种火焰。但是对我来说，我和他在一起的时候从没感觉到任何火焰。相反，他在我看来——我该怎么说？——不温不热的。

从某种程度上我同意你的看法。读他书的时候不会立刻想起火焰这个词。但是他有其他的优点，其他的力量。比如说，我会说他沉稳。他有一种沉稳的视角。他不会轻易被表象愚弄。

你难道不认为，作为一个不会被表象愚弄的男人，他太容易陷入爱情了吗？

（笑。）

但是或许，当他陷入爱情，他没有被愚弄。或许他看到了其他人看不到的东西。

在那个女人身上？

是的，在那个女人身上。

（沉默。）

你是说，甚至在我把他赶走，甚至在我忘记他的存在以后，他依然爱我。这就是你说的沉稳吗？因为在我看来，这似乎是愚蠢。

我认为他固执①。这是一个很英式的词语。不知道在葡萄牙语里面有没有对应的。就像是一只斗牛犬，死死咬住你不松口。

如果你这么说，我只能相信你。但是像一只狗——这在英语里是赞美吗？

（笑。）

你知道，在我的专业领域里，不只是听人怎么说，更要看他们动起来的样子，举手投足的样子，这是我们获得真相的方法，这个方法不坏。你的库切先生或许有文字天赋，但

———————

① 英语原文是 dogged。对应后面斗牛犬的比喻。

是正如我告诉你的,他不会跳舞。他不会跳舞——我记得在南非听到过一句话,是玛利亚·瑞吉纳教我的——他不会跳舞以拯救自己的生命。

(笑。)

但是说真的,纳西门托太太,有很多伟人不会跳舞。如果在成为伟人之前,必须先成为优秀舞者,那么甘地就不是伟人了,托尔斯泰也不是了。

不,你没有听懂我的意思。我也是认真的。你知道脱离身体这个词吗?这个男人脱离了身体。他和身体分离了。对他来说,身体就像是用绳子操纵的木偶。你拉拉这根绳子,左胳膊动了,你拉拉那根绳子,右腿动了。而真正的自我在上面看不见的地方坐着,像木偶主人一样操控着绳子。

现在这个男人来到我跟前,来到舞蹈教师跟前。教我怎么跳舞!他恳求。于是我跳给他看,示范我们如何跳舞。像这样,我对他说——你的腿先这样动,再那样动。他听着,然后告诉自己,啊哈,她的意思是先拉红绳子,再拉蓝绳子!——像这样转动肩膀。我对他说,而他告诉自己,啊哈,她的意思是拉绿绳子!

但你不能这么跳舞!不能这么跳舞!舞蹈是精神化为身体。跳舞的时候,不是木偶主人在上面引导身体动作,而是身体自己在指引,身体有它的灵魂,有身体灵魂。因为身体知道！它知道！当身体感觉到内在的节奏，就不需要思考。只要我们有人性，我们便能感觉到。这就是为什么木偶不会跳舞。木头没有灵魂。木头感受不到节奏。

所以我问：如果你写的这个人没有人性，他怎么可能是伟人？这是一个严肃的问题，不是开玩笑。你觉得为什么我作为一个女人无法回应他？你觉得为什么我尽自己所能让我那个年纪尚小，没有阅历的女儿远离他？因为从这种男人那里不会获益。爱——当你对爱一无所知时，如何能成为伟大的作家？你觉得我作为女人又怎么会不深深知道一个男人会成为什么样的爱人呢？我告诉你，我一想到会和这样的男人发生亲密关系，就冷得发抖。我不知道他后来是否结婚，但如果他结婚了，我为那个嫁给他的女人战栗。

是的。时间已经很晚了，今天下午聊了很多，我同事和我得走了。谢谢你为我们慷慨付出的时间，纳西门托太太。你真是太好了。格罗斯太太会誊写我们的对话，并且整理翻译，之后我会寄给你，看看有没有什么你想要修改或者增补删减的地方。

我明白。你当然会允许我修改聊天记录，我可以增补或者删减。但是我能改变多少？我能改变挂在我脖子上那个"库切的女人之一"的标签吗？你会让我摘掉那个标签吗？你会让我撕碎它吗？我认为不会。这样会毁了你的书，你不会允许这种事情。

但是我会耐心。我会等着看你寄给我的东西。或许——谁知道呢？——你会认真对待我告诉你的事情。另外——我得承认——我很好奇，想看看这个男人生命中的其他女人跟你说了什么，其他脖子上挂着标签的女人——她们是否也发现她们的爱人是木头做的。因为，你知道，我觉得你的书名应该叫这个:《木头人》。

（笑。）

但是请告诉我，我再次认真问你，这个对女人一无所知的男人写过女人吗，还是他只写像他自己一样固执的男人？我问是因为，正如我说过的，我没有读过他的书。

他写男人，也写女人。比如——你或许会对这个感兴趣——有一本书叫《福》①，里面的女主人公遭遇海难以后在远离巴西海岸的一座小岛上待了一年。在最后定稿中，她是英国人，但是最初的草稿里他把她写成一个 Brasileira②。

他的这个 Brasileira 是个什么样的女人？

我该怎么说呢？她有很多美好品质。她迷人，她机智，

---

① 《福》(*Foe*)，库切出版于 1986 年的长篇小说。
② 葡萄牙语，意为巴西人。

她有钢铁般的意志。她满世界寻找自己失踪的小女儿。这是小说的主旨:她不顾一切要找回女儿。在我看来她是一个令人钦佩的女主人公。如果我是这个人物的原型,我会感到骄傲。

我会去读一下这本书,自己判断。请再告诉我一下书名是什么?

《福》,英语拼作 F-O-E。已经翻译成葡萄牙语了,但是译本如今可能已经绝版。如果你想看的话,我给你寄一本英语版的。

好的,寄给我吧。我很久没有读英语书了,但是我挺想看看这个木头人是怎么看待我的。

(笑。)

采访于巴西,圣保罗

2007 年 12 月

马 丁

　　在库切最后的几本笔记里，有一本里面记载了他和你的第一次会面，1972年，那天你俩都在开普敦大学面试一个职位。记载的内容只有几页——如果你愿意我可以读给你听。我猜想这段记载原本是要放进第三本回忆录，那本回忆录没能面世。你会听到他运用了《男孩》①和《青春》②里一样的手法，主语被称作"他"而不是"我"。

　　他是这样写的：

　　"他为了这场面试剪了头发，修了胡子。他穿着夹克，打着领带。即便他还没有成为一本正经先生，至少也已经不再是婆罗洲的野人③。

　　"等候室里还有另外两位来面试这个职位的候选人。那两个人并肩站在窗边俯瞰着花园，轻声交谈。他们似乎

---

① 《男孩》（*Boyhood: Scenes from Provincial Life*），库切出版于1997年的长篇小说。副标题为"外省生活场景"，是库切自传体虚构回忆录三部曲的第一部。

② 《青春》（*Youth: Scenes from Provincial Life 2*），库切出版于2002年的长篇小说。副标题为"外省生活场景之二"，是库切自传体虚构回忆录三部曲的第二部。本书《夏日》为第三部。

③ 《婆罗洲的野人》（*Wild Man of Borneo*），美国1941年的喜剧电影。

彼此认识，或者至少已经开始相互了解。"

你不记得第三个人是谁了吧？

那个人是从斯泰伦博斯大学①来的，但我不记得他的名字了。

他继续写道："这是英国做派：把竞争者扔进斗兽场，看事态发展。他必须得让自己重新适应英国人的做事方法，习惯他们的种种野蛮。英国是一艘挤得密密实实的小船。狗吃狗。狗互相吼叫撕咬，捍卫自己小小的地盘。相比之下美国做派更为得体，甚至称得上文雅。但是美国幅员辽阔，有更多文明礼让的空间。

"开普敦或许不是英国，或许正一天天远离英国，却牢牢抓住遗存的英国做派。要是连这一点保留下来的联系都没有了，开普敦会成为什么？一处通往虚无的小小通道，一片荒蛮闲置的地方。

"根据门上贴着的次序名单，他排在第二个进去见评委会。第一个人被叫到的时候，平静地起身，熄灭烟斗，塞进烟斗盒里，走进门去。二十分钟以后他从那里出来，一副难以捉摸的神情。

"轮到他了。他走进去，有人招呼他坐在长桌末端的椅子里。长桌的另外一头坐着面试官，五个人，都是男性。

① 斯泰伦博斯大学（University of Stellenbosch），位于南非西开普省斯泰伦博斯镇，是南非最古老的大学之一。

因为窗户开着,而房间正对着一条车水马龙的马路,他不得不集中精神才能听清他们讲话,并且提高自己的嗓门好让他们听见。

"一番礼貌的寒暄之后,进入第一个要点:如果被录用,他最想讲授哪些作家?

"'我差不多什么都能教,'他回答,'我不是某方面的专家,但我认为自己是一个知识结构全面的人。'

"这个回答至少说得通。一所小型大学的小型部门或许会乐意雇用一个通才。但是从随之而来的沉默看来,他知道自己回答得不够好。他过于从字面意义来理解问题。他总是犯这样的错误:过于从字面意义理解问题,回答得太简短。那些人不想要简短的回答。他们想要更闲散、更宽泛的回答,好让他们了解自己面对的什么样的人,他会成为什么样的下属,他是否适合这所在艰难时期也尽力维持标准,保存文明火种的地方大学。

"在美国,找工作是很郑重的事情,像他这样听不懂言外之意,不能自圆其说,无法令人信服地表达自我的人——简而言之,就是缺乏沟通技巧的人——会参加培训班,他们在那里学习直视面试官的眼睛,微笑,满怀真诚地完整回答问题。他们在美国称之为展现自我,毫无讽刺之意。

"他想讲授哪些作家?他正在从事什么研究?他能否胜任中古英语的教学?他的回答听起来越来越空洞。事实上他并不真的想要这份工作。他不想要是因为在他的内心里,他知道自己不是当教师的料。他缺乏那种性情,他缺乏热忱。

"结束面试以后，他心里极其沮丧。他想立刻离开这个地方，一刻也不想耽搁。但是不行，首先要填表格，还要报销路费。

"'面试怎么样啊？'

"说话的是第一个进去面试的候选人，抽烟斗的那位。"我想那个人就是你，如果我没搞错的话。

没错。但我已经戒烟了。

"他耸耸肩。'谁知道呢？'他说，'不太好。'

"'要不要一起喝杯茶？'

"他吃了一惊。他俩不应该是竞争对手吗？竞争对手能那么友好吗？

"已经是傍晚了，校园里空空荡荡。他们来到学生联合会找地方喝茶。联合会已经关门了。MJ"——他是这样称呼你的——"掏出他的烟斗。'算了，'他说，'你抽烟吗？'

"真是出乎意料：他开始喜欢这个 MJ，以及他身上轻松自在、直来直去的态度！他的沮丧飞快地消散。他喜欢MJ，MJ 似乎也喜欢他，除非这一切只是 MJ 自我展现的练习。这种相互喜欢立刻发展起来！

"而他应该感到惊讶吗？如果不是因为他们都是同一种人，有着相同的构成（构成：不是英语习惯用词，他必须记住），而且说到底最明显的，因为他们都是南非人，南非白人，为什么要挑选他们两个人（或者他们三个人，如果把身份不明的第三个人也算进去）来面试英语文学的教职？"

片段到此为止，没有记录下时间，但我很肯定他是在1999年或者2000年写的。所以……我有一些相关问题。第一个问题：你是成功的候选人，最终获得了教职，而库切被淘汰了。你认为他为什么会被淘汰？你是否察觉到他对此有任何不满？

完全没有。我是来自于体制内部的——当时的殖民大学体制——而他是外来的，他去美国念的研究生。考虑到所有体制的本质就是复制自我，我始终比他更具优势。他明白这一点，无论是从理论上还是从实践中。他当然不会怪我。

很好。还有一个问题：他似乎把你当成新朋友，还列举出你和他的共同点。但是当他写到你们都是南非白人时却停住了，再没有写下去。他为什么要在那里停笔，你对此有什么想法吗？

他为什么要提起南非白人身份的话题，却又不写下去？我能想到两种解释。第一种解释是，这个话题过于复杂，无法在回忆录或者日记里探讨——过于复杂或者过于尖锐。另外一种解释更简单：他的学术探索经历太乏味，提不起讲述的兴趣，写不下去了。

你倾向于哪种解释？

可能是第一种,也夹杂着第二种。约翰在二十世纪六十年代离开了南非,七十年代回来,在南非和美国之间徘徊了几十年,最终撤到澳大利亚,在那里去世。我二十世纪七十年代离开南非,再也没有回来。宽泛地说,他和我对南非持有共同的态度,也就是我们在那里的存在是非法的。我们在那里或许有一种抽象的权利,一种与生俱来的权利,但这种权利的基础是具有欺骗性的。我们的存在植根于一种罪恶,即通过种族隔离而永存下来的殖民征服。无论我们面对的是土著还是原住民,我们对自己的感觉就是如此。我们认为自己是旅居者,是临时居民,在这个意义上,我们没有家,没有家乡。我不认为我在歪曲约翰。这个话题我们讨论得很多。我当然也没有歪曲我自己。

你是说你和他同命相怜?

同命相怜是一个错误的说法。我们当时拥有很多东西,不至于认为自己命运悲惨。我们年轻——我当时才二十几岁,他只比我稍大一些——我们有不错的教育背景,我们甚至有些许物质资产。如果我们一走了之,在世界其他地方安顿下来——文明世界,第一世界——我们可以大展宏图,蓬勃发展。(至于第三世界我不太肯定。我们不是鲁滨逊·克鲁索①,我俩都不是。)

————

① 鲁滨逊·克鲁索(Robinson Crusoes),英国作家丹尼尔·笛福的小说《鲁滨逊漂流记》(1719年)的主人公。

因此我不认为我们的命运是悲剧，我相信他也不这么想。要说我们的命运是什么，应该是喜剧。他的祖辈和我的祖辈以各自的方式长年劳作，一代又一代，在荒蛮的非洲为他们的子孙后代开辟出一片土地，而他们的劳动成果是什么呢？子孙后代对于这片土地上的所有权心存质疑；他们感到不安，这片土地不属于他们，而是不可分割地属于这里原来的主人。

如果他继续写回忆录，如果他没有中断，你是否认为这是他会说的？

或多或少。我可以稍稍更进一步阐释一下我们对于南非的看法。我俩在对于这个国家的感情中建立了某种临时性，他或许比我更多。我们不愿意对这个国家投入太深的情感，因为我们和它之间的关系早晚会被切断，我们的投入是无效的。

然后呢？

就这些。我们有某种共同的思维风格，我把这种风格归因于我们的出身、殖民地居民身份和南非。由此我们的观点达成一致。

就他的情况而言，你所描述的这种把感情当作是临时的，并且不在感情上交付自我的习惯，是否已经延伸出了他和出生地之间的关系,从而影响到了他的个人感情关系?

我不知道。你是传记作者,如果你认为这种想法值得追踪,就追下去。

我们能不能聊聊他的教学? 他说他不是当教师的料。你是否同意?

我认为一个人教得最好的是自己最了解的和感受最强烈的东西,约翰对很多事物都有相当了解,却不对任何事物有特别钻研。我认为这是他的不利之处。其次,尽管有些作家对他至关紧要——比如十九世纪俄国小说家——他在教学中没有以任何明显的方式体现出他真正的思考深度。他总是压抑着。为什么? 我不知道。我只能说他似乎有种天生的隐秘气质,这是他性格的一部分,也延伸至他的教学中。

你是否认为他的一生,或者说大部分时间,都在从事一个他毫无天分可言的职业?

这么说有点太笼统了。约翰是一个完全合格的学者。他是完全合格的学者,但不是出色的教师。或许他教梵文的话情况会有所不同,梵文或是类似的其他学科,约定俗成地能允许老师有点冷漠和含蓄。

他有一次告诉我,他入错行了,他应该去做图书馆管理员,我认为有道理。

我查不到二十世纪七十年代以来的课程介绍——开普敦大学似乎没有把那些资料归档——但是我在库切的文件里看到一份课程广告,是1976年你和他一起为校外学生开设的课程。你还记得那门课吗?

我记得。是一门诗歌课。我当时正在研究休·麦克迪米德①,于是我借此机会开设了麦克迪米德的精读课。约翰教学生阅读翻译过来的巴勃罗·聂鲁达②。我从没读过聂鲁达,所以我去听了他的课。

你不认为这个选择很奇怪吗,像他这样的人怎么会喜欢聂鲁达?

一点也不奇怪。约翰喜欢华美奔放的诗歌:聂鲁达,惠特曼③,史蒂文斯④。你要记住,他是二十世纪六十年代的孩子,以他的方式。

---

① 休·麦克迪米德(Hugh McDiarmid),克里斯托弗·穆雷·格里夫(Christopher Murray Grieve,1892—1978)的笔名,苏格兰诗人。
② 巴勃罗·聂鲁达(Pablo Neruda,1904—1973),智利诗人,1971年诺贝尔文学奖得主。
③ 沃尔特·惠特曼(Walt Whitman,1819—1892),美国诗人。
④ 华莱士·史蒂文斯(Wallace Stevens,1879—1955),美国现代主义诗人。

以他的方式——你这么说是什么意思？

我的意思是在某种正确，某种理性的范围内。他本人不是酒神的精神信徒，却赞同酒神主义的原则。他赞同放纵的原则，尽管我想不起来他曾经放纵过——他多半不知道该怎么做。他需要相信潜意识的资源，相信潜意识进程中的创造力。因此他爱好更具有预言性的诗人。

你肯定注意到他很少讨论自己创造力的来源。某种程度上是因为我刚刚提到的那种天生的隐秘气质。但某种程度上也表明他不愿意探索自己灵感的来源，仿佛过度自我觉知会致使他残疾。

这门课成功吗——你和他一起教的这门课。

我当然有所收获——比如，学习了拉美超现实主义的历史。正如我所说，约翰什么都知道一些。至于我们的学生学到了什么，我不好说。以我的经验，学生很快就能辨别出你教的东西对你来说是否重要。如果重要，他们也会重视起来。但如果他们认为对你来说不重要，不管这个结论是对是错，那么没戏了，你还是回家吧。

聂鲁达对他来说不重要？

不，我不是这个意思。聂鲁达或许对他来说极其重要，聂鲁达或许甚至是一个榜样——达不到的榜样——作为诗人如何创造性地回应不公和镇压。但是——这是我的观点——如果你把自己和这个诗人的联结视为私人秘密牢牢守护，外加如果你的教学风格还稍有些生硬拘谨，那么你永远也不会有追随者。

你是说他从未有过追随者？

据我所知没有。或许他后来学聪明了。我就不知道了。

1972 年你遇见他的时候，他在一所高中有一份相当不稳定的教职。过了一段时间他才获得大学的教职。即便如此，他从二十五六岁到六十五六岁的大部分职业生涯，都是这样或者那样的教师。我回到之前的问题：一个没有天赋成为教师的人却把教书作为职业，你不认为这很奇怪吗？

奇怪也不奇怪。你肯定知道，在教师这一行里充满了避难者和格格不入的人。

他是哪种：避难者还是格格不入的人？

他是一个格格不入的人。他也是一个谨小慎微的人。他喜欢月薪支票带来的安全感。

你这话听着像是在批评。

我只是指出显而易见的事实。如果他没有浪费那么多生命去修改学生的语法,参加无聊的会议,他或许能写得更多,甚至能写得更好。但他不是一个孩子。他知道自己在做什么。他与社会和解,并且接受了相应的后果。

从另外一方面来说,作为教师他能接触到年轻人。如果他脱离世界,全身心地投入写作就没有这样的机会了。

确实。

据你所知,他有没有和学生结下过特殊的友谊?

你似乎有所指。你说的特殊的友谊是什么意思?你是问,他有没有越界的行为?就算我知道我也不会评论,更何况我不知道。

但是他的小说里总是出现上了年纪的男人和年轻女性的主题。

因为他的写作中出现这样的主题,就认为他的生活中也有同样的事情,是非常非常幼稚的想法。

那么他的内心生活呢？

他的内心生活。谁又能知道别人的内心生活是什么样的？

他还有什么其他方面你想再谈谈吗？有没有值得一讲的故事？

故事？没有什么。约翰和我是同事。我们是朋友。我们相处得不错。但是我说不上有多了解他。你为什么要问我有没有故事？

因为在传记中要保持叙述和观点的平衡。我不缺观点——人们更乐意告诉我他们对于库切的看法——但是要让生平故事栩栩如生需要的不仅是这些。

抱歉，我帮不了你。或许你的其他消息来源人能给予更多帮助。你还打算找谁聊？

我的名单上有五个人，包括你。

只有五个人？你不认为有点太冒险了？是哪五个幸运儿？你怎么会选择我们？

我告诉你是哪五个人。我会从这里去南非——这将是我第二次去南非——去找库切的表姐玛格特，他们很亲近。然后我要去巴西见一个叫阿德瑞娜·纳西门托的女人，二十世纪七十年代她在开普敦住过几年。之后——但时间还没有定——我要去加拿大见一个叫朱莉亚·弗兰克的人，她在二十世纪七十年代的名字是朱莉亚·史密斯。我还会去巴黎见苏菲·德诺埃。

我知道苏菲，其他人不知道。你是怎么挑选这些人的？

我基本让库切自己选。我追踪了他留在笔记里的线索——有关二十世纪七十年代谁在他心中占据重要地位的线索。

希望你不介意我这么说，这种挑选传记消息来源人的方式似乎很罕见。

或许吧。我本来还想再添加一些熟悉他的人，但是他们如今都去世了。你认为这种写传记的方式罕见。或许吧。但是我并不想对库切做出定论。我不写那样的书。我把定论留给历史。我要做的是讲述他生命中某个阶段的故事，或者如果我们无法只讲一个故事，那就从不同的视角讲几个故事。

你选择的消息来源人，有没有别具用心，会不会自己想要对库切下定论呢？

（沉默。）

我想问问：除了苏菲，除了库切的表姐，你提到的另外两位女士和库切有过情感纠葛吗？

是的。两位都有过。方式不同。还有待调查。

那你不应该再考虑一下吗？这份极其局限的消息来源人名单，难道不会导致你不可避免地得到一种或者一系列倾向于个人和隐私的叙述，而有损于库切作为作家的实际成就？更糟的是：你难道不是在冒险让你的书变得仅仅是——抱歉我这么说——仅仅是一堆恩怨，私人恩怨？

为什么？因为我的消息来源人是女性？

因为爱情的本质让当事人无法全面和冷静地看待彼此。

（沉默。）

我重申一次，在我看来，编写一本作家传记却无视写作本身是很奇怪的。但或许是我错了。或许是我跟不上时代。或许传记文学已经变成了这样。我得走了。最后一件事:如果你打算引用我的话,请一定让我事先过目。

当然。

采访于英国,谢菲尔德
2007 年 9 月

苏 菲

德诺埃女士,请和我说说你是怎么认识约翰·库切的。

他和我在开普敦大学是多年的同事。他是英语系的,我是法语系的。我们合作开了一门非洲文学课。那是1976年。他教非洲英语作家,我教非洲法语作家。我们是这样开始认识的。

你自己怎么会去开普敦的?

我丈夫被派到那里运营法语联盟①。在此之前,我们住在马达加斯加。在开普敦期间,我们婚姻破裂。我丈夫回到法国,我留了下来。我在大学获得一个教职,是教授法语的初级教职。

此外你还教授你刚刚提到的那门非洲文学合作课程。

---

① 法语联盟(Alliance française),1883 年创立于法国,是一个法国语言文化的推广机构。

是的。两个白人教一门黑人非洲文学课程也许挺奇怪的,但当时的情况就是如此。如果我俩不教,就没人教。

因为黑人不能上大学?

不是,不是,当时体制已经开始瓦解。学校里有黑人学生,尽管不是很多;也有黑人教师。但是很少有研究非洲的专家,更普遍意义上的非洲。这是南非让我吃惊的事情之一:思想如此封闭。我去年重访南非,情况依旧:他们对非洲其他地方不太感兴趣。非洲是北部的一片黑暗大陆,最好不要去探索。

你呢?你对非洲的兴趣来自哪里?

来自我所接受的教育。来自法国。记住,法国曾经是一股强大的殖民势力。即便在殖民时代正式结束以后,法国依然使用其他手段维持它的影响力——经济手段,文化手段。La Francophonie① 是我们为古老帝国发明的新名字。Francophonie 的作家被推广,被尊重,被研究。我当时为了准备 agrégation② 正在研究艾梅·塞泽尔③。

---

① 法语,泛指使用法语的所有人、组织和政府。
② 法语,法国公共教育系统中的公务员考试。
③ 艾梅·塞泽尔(Aimé Césaire,1913—2008),法国殖民地马提尼克岛的黑人诗人、政治家。

你和库切一起开设的那门课程——你认为成功吗？

是的，我相信是成功的。那是一门介绍性的课程，仅此而已，但在学生看来，正如你们英语所说，大开眼界。

白人学生？

白人学生以及少数黑人学生。我们没能吸引更激进的黑人学生。我们的教学方式对于他们来说太学术了，不够engagé①。我们认为这门课足以让学生简单了解一下非洲其他地方的丰富多彩。

你和库切在教学思路上的观点一致吗？

我想是的，一致。

你是非洲文学专家，他不是。他研究的是欧洲城市文学。他怎么会来教非洲文学？

没错，他在这个领域没有接受过专业学术训练。但是他总体上很了解非洲，不可否认那些知识都来自书本，而不是通过实践，他没有在非洲旅行过，但是书本知识并非毫无价值——是吧？他比我更了解人类学文献，包括法语文献。

① 法语，意思是介入（政治）。

他对历史和政治有很好的理解。他读过很多重要作家的英语和法语作品（那个年代的非洲文学总体数量不多——现在完全不同了）。他的知识体系中也有缺失——比如马格里布①、埃及等等。而且他不了解海外移民文学，特别是加勒比地区，而我了解。

你认为他作为教师怎么样？

他是一个好教师。并不出众，但完全合格。总是认真备课。

他和学生的关系好吗？

这个我说不上来。也许你可以去找找他过去的学生，他们能帮到你。

你自己呢？和他相比，你和学生关系好吗？

（笑。）你要我怎么说呢？没错，我认为我更受欢迎，更热情。我当时还年轻，请记住，对我来说，我很高兴在教完语言课以后可以聊聊书本作为调剂。我认为我们是很好的搭档，他更严肃，更含蓄，我更开朗，更热烈。

---

① 马格里布（Maghreb），在古代原指阿特拉斯山脉至地中海海岸之间的地区，有时也包括穆斯林统治下的西班牙部分地区，后逐渐成为摩洛哥、阿尔及利亚和突尼斯三国的代称。

他比你大很多。

十岁。他比我大十岁。

（沉默。）

有关这个话题你还想补充什么吗？还有什么其他方面你想谈谈的吗？

我们有过一段过往。我估计你已经知道了。但没能持续下去。

为什么？

因为无法维系。

你愿意再多说一些吗？

我愿意为了你的书再多说一些吗？除非你先告诉我这是一本什么样的书。是一本八卦的书还是一本严肃的书？你有授权吗？除了我之外，你还和谁聊过？

写一本书还需要授权吗？如果需要授权，又该去找谁呢？去找库切的遗产执行人吗？我不这么想。但是我能向你保证，我在写的这本书是一本严肃的书，一本意向严肃的传记。我集中讲述库切 1971/1972 年回到南非直到 1977 年得到公众认可的这段时期。在我看来这是他生命中的一段重要时期，重要，却被忽略，在这段时期里，他仍然在适应自己的作家身份。

至于我选择哪些人采访，我对你直言相告。我去了两次南非，一次是去年，一次是前年。这两次旅行的收获都不如预期。最了解库切的人中间，不少已经去世了。事实上，他那整整一代人正在消亡。而幸存者的记忆并非始终可靠。我碰到过一两次，有人声称认识库切，聊了几句以后发现，不是那个库切（你知道库切这个名字在南非挺常见的）。最终这本传记将依托于少数几个他的朋友和同事的采访，我希望其中也能包括你。这么说足以打消你的疑虑吗？

不行。那么他的日记呢？他的信件呢？他的笔记呢？为什么要如此依赖采访？

德诺埃女士，我已经阅读了能读到的全部信件和日记。库切写下来的东西不可信，不能作为事实依据——不是因为他说谎，而是因为他是一个小说家。他在信件中为他的通信人虚构了一个自我；他在日记里同样为了他自己或是为了他的后代做了不少虚构。作为文件来说这些资料当然有价值，但如果你想要知道真相，彻底的真相，你肯定还得去听听那些认识他，参与他生活的人的陈述。

没错,但如果我们都是小说家呢,像你称呼库切那样?如果我们都在不断编造自己人生的故事呢?为什么我所讲述的库切就比他自己写的更可信呢?

我们当然都是小说家,或多或少,我不否认。但是你觉得哪种情况更好:从各个独立视角得到的一系列独立陈述,然后将它们综合成为整体;还是由他的作品构成的庞大统一的自我投射?我知道我更想要哪种。

是的,我明白。我还有一个问题,谨言慎行的问题。我不相信一旦一个人去世了,所有的约束也就随之消失。我和约翰·库切之间的事情没有必要分享给全世界。

我同意。你有权谨言慎行,这是你的权利。但是我想请你停下来考虑一下。一个伟大的作家是全世界的财富。你很了解约翰·库切。将来有一天你也会离开这个世界。如果你的记忆也随之消失,你认为这是好事吗?

伟大的作家?要是约翰听到你这么说会笑的!他会说,伟大作家的时代早就消逝了。

作家如神谕的时代——是的,我同意,这样的时代已经过去了。但是一位知名作家——我们这样称呼他吧——我们公共文化生活中的知名人物,从某种意义上来说难道不是公共财产吗?

在这个话题上我的观点不重要。重要的是他自己相信什么。答案很清楚。他相信我们的人生故事是我们按照自己的愿望构建的,受限于,或者甚至违背着真实世界施加的束缚——你自己刚才也承认了。所以我明确使用了授权这个说法。我想的不是他的家人或者遗产执行人的授权,而是他本人的授权。如果你没有得到他的授权公布他的私人生活,我当然不能帮助你。

库切不可能授权给我,理由很简单,我和他从没联系过。但是在这一点上,我们保留不同意见,继续往下说吧。回到你刚刚提到的课程,你和他一起开设的非洲文学课。你的一个说法引起了我的兴趣。你说你和他无法吸引更激进的非洲学生。你认为为什么会这样?

因为按照他们的标准看来,我们自己不是激进分子。我们两个人显然都受到 1968 年运动的影响。1968 年我还是索邦大学的学生,在那里参与了五月风暴①。约翰·库切当时在美国,触犯了美国当局,我不记得全部细节了,但是我知道这成了他的生命中的转折点。但我要强调我们不是马克思主义者,我俩都不是。我可能比他更左倾,但是我担负得起,因为在与法国有外交关系的区域之内,我能得到

---

① 五月风暴,1968 年春天在法国发生的学生运动。

庇护。如果我招惹了南非安全警察，会被谨慎地送上飞机遣返巴黎，事情就此结束。我不会被关进监狱。

而库切……

库切也不会被关进监狱。他不是好斗的人。他的政治观点太理想化，太乌托邦。事实上他根本不政治。他看不起政治。他不喜欢政治作家，那些拥护某条政治纲领的作家。

但是他在二十世纪七十年代发表了不少左倾言论。比如那些有关阿列克斯·拉·古马①的文章。他同情拉·古马，而拉·古马是共产党员。

拉·古马是一个特例。他同情拉·古马是因为拉·古马来自开普敦，而不是因为他是共产党员。

你说他不政治。你是指他不关心政治吗？因为有人会说不关心政治也是一种政治。

不，不是不关心政治，我更愿意说是反政治。他认为政治呈现出人们最糟糕的一面。呈现出人们最糟糕的一面，

① 阿列克斯·拉·古马（Alex La Guma，1924—1985），南非小说家，南非有色人种组织领导。

227

也呈现出社会最糟糕的一部分。他不愿与此产生任何关系。

他会在课堂上宣扬反政治的政治观点吗?

当然不会。他严格遵循不宣扬的原则。只有在更为了解他之后,才会知道他的政治信仰。

你说他的政治观点是乌托邦式的。你是指不切实际吗?

他期盼有朝一日政治和国家都会消亡。我称之为乌托邦。另外一方面,他并没有过多地投身于这些乌托邦渴望中。他在这一点上太过于加尔文主义者了。

请解释一下。

你想让我谈谈库切那套政治观点背后的想法?你最好还是从他的书里寻找答案。但我还是可以试着解释一下。

在库切看来,我们人类永远不会放弃政治,因为政治太方便,也太具有魅力,如同在放任我们卑劣情感的剧院。卑劣的情感指的是憎恶,怨恨,恶毒,嫉妒,杀戮欲,等等。换句话说,政治是我们堕落的症状,表现了堕落的状态。

甚至包括解放的政治吗？

如果你说的是南非解放斗争的政治,答案是肯定的。只要解放指的是民族解放,是南非黑人民族的解放,约翰对此就没有兴趣。

那他对解放斗争怀有敌意吗？

敌意？不,他没有敌意。敌意,同情——作为传记作者,你特别要警惕不要把人放进贴着标签的整整齐齐的小盒子里。

我希望我没有把库切放进盒子里。

好吧,在我听来像是这样。不,他对解放斗争没有敌意。如果你和库切一样是一个宿命论者,那就没有道理要对历史的进程怀有敌意,无论你会有多遗憾。对于宿命论者来说,历史即命运。

那么他是否为解放斗争感到遗憾？是否为解放斗争采取的形式感到遗憾？

他承认解放斗争是正义的。斗争是正义的,但是斗争所追求的新南非在他看来不够乌托邦。

什么对他来说足够乌托邦？

关闭矿井。耕种葡萄园。解散军队。废弃汽车。全球素食主义。全民读诗。诸如此类。

换句话说，诗歌、马车和素食主义是值得为之奋斗的，但是废除种族隔离的解放斗争不值得？

没有什么是值得为之奋斗的。你迫使我为他的立场辩护，而我恰恰并不赞成那种立场。没有什么是值得为之奋斗的，因为奋斗只会延长侵犯和报复的循环。我只是重复库切响亮清晰地在自己的文章里说过的观点，你说你读过。

他和他的黑人学生相处得自在吗——总体来说和黑人相处得自在吗？

他和任何人相处得自在吗？他不是一个自在的人（英语里能这么说吗？）。他向来不放松。我亲眼见证。所以：他和黑人相处得自在吗？不，他在自在的人群中就不自在。其他人的自在让他不自在。这将他导向——在我看来——错误的方向。

你这是什么意思？

他透过浪漫的迷雾看待非洲。他认为非洲人身上具有欧洲失落已久的精神。我是什么意思？我来试着解释一下。他曾经说，在非洲，身体和灵魂难以区分，身体就是灵魂。他有一整套关于身体、音乐和舞蹈的哲学，我无法复述，但是在我看来，即便在当时——我该怎么说？——也是无济于事的。在政治层面无济于事。

请继续说下去。

他的哲学把非洲人当作人类更真实、更深沉、更原始的存在的守卫者。他和我为此激烈争论过。我说他的观点归结起来是一种老派的浪漫原始主义。在二十世纪七十年代解放斗争和种族隔离状态的背景下，以他的方式来看待非洲人是无济于事的。再说无论如何，他们已经不愿意再承担这样的角色了。

黑人学生是因为这个原因而回避他的课，你们一起开设的这门非洲文学课吗？

这个观点他没有公开宣扬过。他在这方面向来非常小心，非常正确。但如果你仔细听课，一定能听出来。

我必须指出，他的想法中还有一个更深层的事实和偏见。和很多白人一样，他认为开普，西开普，或许还包括北开普，和南非其他地方不同。开普自己就是一个国家，有自己的地貌，自己的历史，自己的语言和文化。曾经被我们称为霍屯督人的幽灵出没于这个神话般的开普,有色人种和少量阿非利卡人扎根于此,但是非洲黑人是异类,是后来者,是局外人,英国人也一样。

我为什么要指出这一点?因为这表明了,他如何为自己看待南非黑人的那种相当抽象,相当人类学的态度辩护。他对南非黑人没有感情,这是我私下得出的结论。他们和他或许是同国公民,但不是他的同胞。历史——或者说命运,对他来说是一回事——或许将这片土地的继承人的角色指派给他们,但在他的内心深处,他们始终是相对于我们的他们。

如果非洲人是他们,那么谁是我们?阿非利卡人?

不是。我们主要是指有色人种。我只是为了叙述方便才勉强使用这个词。他——库切——也尽量避免这种说法。我说他是乌托邦主义者。这种回避是他乌托邦主义的另外一面。他向往着有一天南非的每个人都没有称呼,既不是非洲人,也不是欧洲人,不是白人或者黑人或者其他任何人,有一天家族历史变得错综混杂,人们在种族上难以区分,也就是说大家都是——我只好再说一次那个被玷污的词语——有色人种。他称之为巴西式未来。他认同巴西和巴西人。当然,他从没去过巴西。

但是他有巴西朋友。

232

他在南非认识了几个巴西难民。

(沉默。)

你提到混杂的未来。我们是在说生物学意义的融合吗？还是在说不同种族的通婚？

不要问我，我只是转述。

那为什么他不去成为有色人种孩子的父亲——合法或者非法的——以促成这样的未来——为什么他要和法国来的年轻白人同事发生关系？

(笑。)别问我。

你和他都聊些什么？

聊我们的教学。聊同事和学生。换句话说，我们聊工作。我们也聊自己。

请继续。

你想让我告诉你我们是否讨论他的写作？回答是没有。他从来不告诉我他在写什么，我也不问他。

那段时间他正在写《内陆深处》①。

他刚刚写完《内陆深处》。

你之前是否知道《内陆深处》是关于疯狂和弑父等等的故事？

完全不知道。

你在这本书出版之前就读过吗？

读过。

你觉得怎么样？

（笑。）我必须谨慎。我相信你不是要问我深思熟虑的评论意见，你是想知道我当时的反应是吧？坦白说，起初我很紧张。我担心会发现自己以某种令人尴尬的伪装出现在书里。

你为什么会这么想？

因为——当时我是这样想的，现在我意识到这种想法

---

① 《内陆深处》(*Heart of the Country*)，库切出版于 1977 年的长篇小说。

太幼稚了——我相信你无法和另外一个人如此亲近,却把她排除在你的想象世界之外。

你在书里发现自己了吗?

没有。

你沮丧吗?

你是什么意思——我因为没有在书里发现自己而沮丧?

你是否因为被排除在他的想象世界之外而沮丧?

不会。我在学习。被排除也是我所接受的教育的一部分。我们能不聊这个了吗?我已经告诉你够多了。

好的,我很感激你。但是,德诺埃女士,请允许我进一步提出请求。库切向来不是一个流行作家。我这么说不仅仅指他的书卖得不好。我的意思是公众从未把他放在集体意识里。他在公共领域的形象是一个冷淡的傲慢的知识分子,他没有去消除这个形象。甚至,他可以说是鼓励了这个形象。

现在,我不认为这个形象对他是公平的。我和那些熟悉他的人交谈,揭示了一个非常不同的人,也未必是性格更温暖,而是对自己更不确定,更困惑,更充满人性,如果我能这么说的话。

我不知道你能否谈谈他人性的一面。我很重视你关于他的政治观点的讲述,但你能否再讲一些更具有个人性情的故事,能让我们更好地了解他的性格?

你是说那些能让他显得更迷人,更讨人喜欢的故事——像是对小动物或者女性温柔和善的故事?不行,这样的故事我要留给自己的记忆。

(笑。)

好吧。我告诉你一个故事。或许不那么私人,或许仍然很政治,但是你要记住,当时政治渗透到方方面面。

一个法国《解放报》的记者被派到南非,问我能不能帮他安排采访约翰。我去找约翰,说服他答应了:我告诉他《解放报》是一份不错的报纸,我告诉他法国记者和南非记者不一样,他们从来不做事先没有准备好的采访。

我们把采访安排在我校内的办公室里。我想万一有语言问题我可以帮上忙,约翰的法语不是很好。

结果我们很快发现记者对约翰不感兴趣,而是希望他能讲讲布雷滕·布雷滕巴赫,当时这个人惹了南非当局。因为法国人对他很感兴趣——他是个浪漫人物,在法国住了很多年,和法国知识分子界有交往。

约翰的回答是他帮不上忙:他读过布雷滕的作品,但仅此而已了,他们没有私交,从没见过面。他说的都是实话。

但是这个记者不相信,记者习惯了法国的文学生活,那里的一切关系都更为亲密。为什么一个作家拒绝评价另外一个同属于阿非利卡人小群体的作家? 除非他们之间有什么个人恩怨或者政治敌意。

于是他不断追问约翰,而约翰不断解释对于一个外国人,一个局外人来说,要欣赏布雷滕作为诗人的成就有多难,因为他的诗歌深深植根于 volksmond(人民的语言)。

"你是指他的方言诗吗?"记者问。约翰没有听懂他的话,于是他非常轻蔑地说:"你肯定也同意吧,用方言无法写出伟大的诗歌。"

这句话真的激怒了约翰。但是他愤怒的方式不是大喊大叫或者发脾气,而是变得冷淡,不再说话,《解放报》的记者不知所措。不知道自己怎么惹到他了。

约翰离开以后,我试图向记者解释,阿非利卡人在他们的语言遭到侮辱的时候会变得非常情绪化,布雷滕自己多半也会做出相同的反应。但是记者耸耸肩。毫无道理,他说,一个人明明可以使用世界语言写作,却非要用方言写(他实际上没有说方言,他说的是一种晦涩的方言,他也没有说世界语言,他说的是一种正规的语言,une vraielangue①)。这时我开始认识到,他是把布雷滕和约翰归为同一类型,本地话或者方言作家。

当然,约翰根本不用南非语写作,他用英语写,非常出

---

① 法语,意思是真正的语言。

色的英语,而且他一生都用英语写作。即便如此,当他认为南非语的尊严受到侮辱,他会以我描述过的那种愤怒方式做出回应。

他翻译过一些南非语,是吗?我的意思是,翻译过一些南非语作家的作品。

是的。我得说他非常精通南非语,尽管和他的法语一样,也就是书面语比口语好。我当然不够资格评价他的南非语,但这是我对他的印象。

所以这个人的情况是这样的,他的口语不完美,脱离于民族宗教或者至少国家宗教之外,他的视野是世界性的,他的政治观点——怎么说呢?——是持不同政见的,却愿意接受阿非利卡人身份。你觉得为什么会这样?

我的观点是,在历史的凝视下,他无法使自己在脱离阿非利卡人身份的同时保住自尊,即使那意味着他要在政治上承担阿非利卡人所承担的一切责任。

难道没有什么东西让他更主动地接受阿非利卡人身份吗——比如说,没有什么更私人层面的情感吗?

可能有吧,我不清楚。我从没见过他的家人。或许他们能提供线索。但约翰天性谨慎,很像一只乌龟。一旦察觉到危险便立刻缩回壳里。他总是被阿非利卡人冷落——被冷落和羞辱——你只要看看他那本回忆童年的书就知道了。他不愿冒着被再次拒绝的风险。

所以他宁可做一个局外人。

我想他在局外人的角色里最快乐。他不是参与者。他不是团队选手。

你说他从未把你介绍给他的家人。你不觉得奇怪吗？

一点也不奇怪。我们认识的时候他母亲已经去世了，他父亲身体不太好，他弟弟在国外，他和大家族的关系紧张。至于我，我是已婚女人，所以我们的交往不得不暗中进行。

当然，他和我谈过我们各自的家庭，各自的出身。我想说，他家庭的与众不同之处在于，他们是文化意义上的阿非利卡人，而不是政治意义上的。我是什么意思？思考一下十九世纪的欧洲。你能看到在整片欧洲大陆上，种族或者文化身份将自己转变成政治身份。这个进程从希腊开始，迅速蔓延至巴尔干和中欧。不久，这股浪潮就波及殖民地。在开普殖民地，说荷兰语的克里奥尔人①开始将自己塑造

---

① 克里奥尔人（Creloe），原指十六至十八世纪出生在美洲的西班牙白种人后裔，后泛指在殖民地出生的欧洲殖民者的后裔。

成独立种族,阿非利卡人种族,并且煽动民族独立。

不知怎么的,这股浪漫民族主义热潮没有波及约翰的家庭。或是他们不愿意涉足其中。

他们保持距离是否是由于那种和民族主义热潮联系在一起的政治——我是指,反帝国主义,反英国的政治?

是的。起初那股被煽动起来的敌意要反对英国的一切,以及 Blut und Boden① 的神秘让他们不安;之后他们畏惧民族主义者从欧洲激进右翼那里接手过来的思想观念——比如科学种族主义——以及随之而来的政策:文化管制,青年军事化训练,国家宗教,等等。

所以总的来说,你认为库切是一个保守主义者,反激进派。

文化保守主义者,是的,正如很多现代主义者是文化保守主义者——我是指那些被他视作偶像的欧洲现代派作家。他深深喜爱着他年轻时代的南非,那个南非在 1976 年看来已经开始像是永无岛。你只要去看看我提到的那本《男孩》就能找到证据,你会在书里看到对于白人和有色人

---

① 德语,血与土。是近代德国的种族意识形态之一,即民族的生存依靠血缘与土地,同时也强调了农业的重要意义以及农村生活的美德和传统价值。这一论点起源于十九世纪末的种族主义和民族主义,是纳粹德国意识形态的核心组成部分。

种之间那种陈旧封建关系的明显怀念。对于像他这样的人来说，国民党及其实行的种族隔离政策代表的不是落后的保守主义，恰恰相反，是标新立异的社会工程学。他完全赞同旧的、复杂的、封建的社会结构，而这触犯了种族隔离 dirigistes① 的严谨头脑。

你和他在政治问题上是否有不一致的地方？

这是一个很难回答的问题。归根到底，品性的终结与政治的开始，分界在哪里？从个人层面看，我认为他相当宿命论，因此过分消极。到底他是以人生实践中的消极态度来表达对政治行动主义的不信任，还是以对政治行动的不信任来表达天生的宿命论？我说不清。但是确实，从个人层面来说，我们之间有某种紧张状态。我希望我们的关系能成长和发展，他却想保持原状，不求改变。最后，这导致了我们分手。因为在我看来，男人和女人之间不可能维持不变。要么前进，要么后退。

分手是什么时候？

1980 年。我离开开普敦，回到法国。

你们再也没有联络吗？

---

① 法语，意思是统治经济论者。

他给我写过一段时间的信。他的书出版以后会寄给我。后来他不再来信,我相信他找到了其他人。

当你回顾这段关系的时候,你是怎么看的?

我如何看待我们的关系?约翰是那种明显的亲法派,他相信如果他能找到一个法国情人,便能获得至高的幸福。他期望这位法国情人会背诵龙萨①,在羽管键琴上演奏库普兰②,同时将她的爱人引入法式情调的爱情奥秘中。当然,我夸大其词了。

我是他幻想中的法国情人吗?我很怀疑。回顾往事,我认为我们这段关系的本质是可笑的。带有喜剧式的感伤,建立在可笑的前提上。然而还有一个更深远的因素是我绝对不能低估的,那就是他帮我摆脱了糟糕的婚姻,对此我感激至今。

喜剧式感伤……你说得很轻巧。库切和你没有在彼此心里留下更深的印记吗?

我无法判断我给他留下什么印记。但是总的来说,我认为除非你颇具风采,否则无法给人留下深深的印记;而约

---

① 龙萨(Pierre de Ronsard,1524—1585),法国著名爱情诗人。

② 库普兰(François Couperin,1668—1733),法国著名音乐家族库普兰家族成员,巴洛克时期著名作曲家,也是著名的羽管键琴演奏家。

翰不是那种颇具风采的人。我不想显得无礼。我知道他有很多仰慕者，他不是无缘无故获得诺贝尔奖的；当然如果你不认为他是一位重要作家，你今天也不会出现在这里，开展这些调查。但是——严肃说来——我和他在一起的全部时间里，我从未觉得我是和一个出色的人，和一个真正出色的人类在一起。这么说很残酷，我知道，但很遗憾，确实如此。我从未在他那里感受到能突然照亮世界的闪电。或许曾有闪光，而我视而未见。

我觉得约翰聪明，博学，我在很多方面都钦佩他。作为作家他知道自己在做什么，他有某种风格，盛名始于风格。但是我看不出来他具有特殊的敏感，对人类境遇也没有独到的洞察。他只是一个男人，他那个时代的男人，有才华，或许甚至有天赋，但坦白说，他不是伟人。如果我让你失望，我很抱歉。我相信其他认识他的人会提供给你不同的描述。

说到他的写作，客观来说，作为评论家，你对他的书评价如何？

我最喜欢他早期的作品。在像《内陆深处》这样的书里，还有某种勇敢，某种野性，是我仍然钦佩的。在不那么早期的《福》里也有。但那之后，他变得更加受人尊重，在我看来，也就更加沉闷。我对《耻》以后的作品失去了兴趣。我没有再读后来的作品。

总体而言，我认为他的作品缺乏野心。把小说元素控制得太紧。你不会感到自己面对着的是一位为了说出没人说过的话而损坏自己作品的作家，而这对我来说是伟大作品的标志。我认为他的小说太冷静，太工整，太安逸，太缺乏热情，创造性的热情。就是这样。

采访于巴黎

2008 年 1 月

笔记：未标注日期的片段

未标注日期的片段

这是一个冬日的星期六下午，照例是橄榄球比赛日。他和他父亲一起搭火车赶去纽兰兹①看 2 点 15 分的开场赛。开场赛之后是 4 点的正式比赛。结束之后他们再搭火车回家。

他和他父亲去纽兰兹是因为体育——冬天是橄榄球，夏天是板球——是仍然维系着他们关系的最强纽带，也因为他回国以后的第一个星期六，看到父亲穿上外套，一言不发地出发去纽兰兹，像个孤独的孩子，这场景像一把刀扎在他的心上。

他父亲没有朋友。他也没有，尽管原因不同。他更年轻的时候有过朋友；而那些老朋友如今都散落在世界各地，而他似乎已经失去了结交新朋友的技巧，或是愿望。于是

_____

① 纽兰兹（Newlands），开普敦郊区，当地的板球场和橄榄球场都是举办国际赛事的场地。

他重新想起他父亲,他父亲也重新想起他。既然他们住在一起,每到星期六就共同度过快乐时光。这成了家里的规矩。

他回来以后很吃惊地发现,父亲谁都不认识。他一直以为父亲是一个爱交际的人。但要么是他错了,要么是他父亲变了。或者也可能只是因为人老了以后都会这样:他们离群索居。星期六纽兰兹体育场的看台上都是这样的人,暮年的孤独老人穿着灰色的华达呢雨衣,一言不发,仿佛他们的孤独是一种可耻的疾病。

他和他父亲并排坐在北看台观看开场赛。一整天都伴随着忧郁的气氛。这是在这个体育场里举行的最后一个赛季的橄榄球俱乐部赛。随着电视机在这个国家姗姗来迟的普及,人们对于橄榄球俱乐部比赛的兴趣缩减。那些曾经每周六下午都来纽兰兹看比赛的人,如今更愿意待在家里看每周赛事精选。北看台几千个座位只坐了十几个人。铁路看台①空无一人。南看台上那群铁杆有色人种球迷还在为开普敦大学队和村民队加油,给斯坦林布什队和范德斯特尔队喝倒彩。只有主看台上人数可观,可能有上千人。

四分之一世纪前,他还是孩子的时候,情况完全不同。俱乐部有重要比赛的日子——汉密尔顿队对村民队,或者开普敦大学队对斯坦林布什队的日子——得费尽力气才能找到地方站住脚。终场哨声吹响不到一个小时,《阿尔戈斯日报》②的

---

① 铁路看台(railway stand),球门后方的看台。
② 《阿尔戈斯日报》(*Cape Argus*),1857 年在南非开普敦创办的报纸。

货车便冲上马路,给街角小贩送去一捆捆体育版,上面有甲级联队比赛的现场报道,甚至包括远在斯坦林布什和西萨默塞特的比赛,还有次级联队比赛的比分,2A 对 2B,3A 对 3B。

那样的日子一去不复返。橄榄球俱乐部比赛已经穷途末路。如今不仅是在看台上,在球场上也能感觉得到。越来越空的体育场让球员们心情沮丧,他们似乎只是在球场上装装样子。一种仪式在他们眼前消亡,真正的南非小布尔乔亚仪式。最后的信徒今天聚集于此:像他父亲这样哀伤的老人,像他自己这样沉闷的尽职的儿子。

开始下起小雨。他在他们头顶撑起一把伞。球场上三十个心不在焉的年轻人撞来撞去,追逐湿漉漉的球。

开场赛是天蓝色球衣的联盟队对紫黑相间球衣的花园队。联盟队和花园队都是甲级联队的垫底队伍,面临降级危险。过去不是这样的。花园队一度曾是西部省橄榄球队的中坚力量。家里有一张镶着相框的合影,是拍摄于1938年的花园三队,他父亲坐在前排,穿着刚刚洗过的横条纹球衣,上面有花园队队徽,领子时髦地竖在耳边。要不是因为某些不可预见的因素,特别是第二次世界大战,他父亲甚至也可能——谁知道呢?——跻身至二队。

如果过去的忠诚犹在,他父亲应该希望花园队能战胜联盟队。但事实上,他父亲不在乎谁赢,花园队也好,联盟队也好,月亮来客也好。他实际很难觉察出父亲在乎什么,无论是橄榄球还是其他任何东西。如果他能解开父亲在这个世界上究竟想要什么的秘密,或许能成为更好的儿子。

父亲的整个家族都是如此——完全感受不到热情。他们甚至仿佛不在乎钱。他们只想和每个人好好相处，并且在这个过程中乐一乐。

在找乐子方面，他是父亲最不需要的同伴。他在这方面是垫底的。这是一个忧郁的家伙：大家注意到他的时候，一定就是这样看待他的。一个忧郁的家伙，一个扫兴的人，一个古板分子。

还有他父亲喜欢的音乐。1944年墨索里尼投降以后，德国人被赶往北方，包括南非军队在内的盟军占领了意大利，得以稍作休息，享乐一番。为他们举办的娱乐活动中有大歌剧院的免费演出。那些来自美国、英国和大洋彼岸广阔的英国自治地的年轻人，对意大利歌剧一窍不通，陷入《托斯卡》《塞维利亚的理发师》或者《拉美莫尔的露西亚》的咏唱。只有少数人真正喜欢，他父亲便是少数人之一。他父亲是听着多愁善感的爱尔兰和英国民谣长大的，于是这种华丽的新音乐令他痴迷，演出将他征服。他日复一日重返剧院，听了又听。

所以战争结束以后，库切下士回到南非，怀着一种崭新的对歌剧的热情。他会在洗澡的时候唱，"La donna è mobile.①" "Figaro here, Figaro there,②" 他会唱，"Figaro, Figaro, Feeegaro!" 他去买了一台留声机，是他们家里的第一台

---

① 《女人善变》，威尔第的歌剧《弄臣》中第三幕的开场曲目。
② "费加罗在这里，费加罗在那里"是罗西尼《塞尔维亚的理发师》中《快给大忙人让路》中的歌词。

留声机;一遍遍地播放卡鲁索①演唱《你冰凉的小手》②的七十八转速唱片。密纹唱片发明以后,他又买了一台更新更好的留声机,一起买回来的还有一张雷纳塔·泰巴尔迪③的金曲咏叹调专辑。

在他的青少年时代,家里有两种声乐流派打架:他父亲的意大利流派,由泰巴尔迪和提托·戈比④激情演绎;他自己的德国流派,以巴赫为基础。整个星期天下午家里都沉浸在 B 小调弥撒的重奏中;然后到了晚上,巴赫终于停了,他父亲会给自己倒一杯白兰地,放上雷纳塔·泰巴尔迪,坐下来聆听真正的旋律,真正的歌唱。

因为歌剧的感性和颓废——他在十六岁的时候是这样认为的——他下定决心要永远憎恶和鄙视意大利歌剧。但是有一种他不会承认的可能性是,他鄙视歌剧或许只是因为他父亲喜欢,他下定决心憎恶和鄙视这个世界上他父亲喜欢的任何东西。

有一天他趁家里没人,从封套里拿出泰巴尔迪的唱片,用刀片在上面深深地划了一道。

星期天晚上他父亲放上唱片。每转一圈就跳针。“谁干的?”他问。但没人承认是自己干的。事情似乎就这样发生了。

---

① 卡鲁索(Enrico Caruso,1873—1921),意大利男高音歌唱家。

② 《你冰凉的小手》(*Your tiny hand is frozen*),普契尼的歌剧《波西米亚人》中的一首咏叹调。

③ 雷纳塔·泰巴尔迪(Renata Tebaldi,1922—2004),意大利女高音歌唱家。

④ 提托·戈比(Tito Gobbi,1913—1984),意大利男中音歌唱家。

于是泰巴尔迪的时代终结了,巴赫占据了无人挑战的地位。

过去的二十多年来,他始终为自己干了这样卑鄙猥琐的事情而感到极度悔恨,悔恨没有随着时间的流逝而减弱,反而越来越强烈。他回国以后的第一件事就是在音像店里搜寻泰巴尔迪的唱片。尽管没找到那一张,他找到了另外一张合辑,里面有一部分的咏叹调和之前那张是一样的。他把唱片买回家,从头到尾放了一遍,希望能像猎人用笛子引诱小鸟一样,将父亲从房间里引诱出来。但是他的父亲不为所动。

"你没认出这个声音吗?"他问。

他父亲摇摇头。

"是雷纳塔·泰巴尔迪。你不记得以前有多喜欢泰巴尔迪了吗?"

他拒绝接受失败。他仍然希望有一天,当他出门以后,他父亲会把这张崭新的光洁的唱片放上唱机,给自己倒一杯白兰地,坐在扶手椅里,将自己的思绪带到罗马或者米兰,或者其他任何地方,在那里年轻时代的父亲第一次用耳朵感受到人类声音的感官之美。他希望父亲的心中能充满旧日的欢愉;即便只有一个小时,他希望父亲能够重温失去的青春,忘记如今被压迫的、遭受羞辱的生活。最重要的是,他想要父亲原谅他。原谅我!他想对父亲说。原谅你?天啊,有什么要原谅的?他想听到父亲这么回答。这样的话,如果他能够鼓起勇气,他最终会彻底坦白:原谅我心怀怨恨,故意划坏了你的泰巴尔迪唱片。还有其他更多事情,多到要说上一整天。原谅我无数次卑鄙的行为。原谅我心里导致这些行为的怨恨。总的来说，原谅我自出生起做过的一切，我成功地让你的生命变成一场悲剧。

但是没有任何迹象表明，在他出门的时候泰巴尔迪的唱片被播放过。泰巴尔迪似乎失去了魅力，要不就是他父亲在和他玩可怕的游戏。我的生命是一场悲剧？你凭什么认为我的生命是一场悲剧？你凭什么认为你有能力让我的生命变成一场悲剧？

他不时播放泰巴尔迪给自己听，听的时候内心似乎开始发生某种转变。正如他父亲在1944年感受到的那样，他的心脏也跟随咪咪①的歌声跳动。她上扬的声线肯定曾经唤起他父亲的灵魂，如今也唤起了他的，驱使他的灵魂与她一起热烈翱翔。

他这么多年来都是哪里出了问题？他为什么不听威尔第，不听普契尼？他聋了吗？还是真相比这个更糟：他年轻的时候是否就已经听到，并且完全感知到泰巴尔迪的召唤，却以一种缄默的庄重（"我不要！"）拒绝聆听？打倒泰巴尔迪，打倒意大利，打倒欲望！如果他父亲也要在这场全体的毁灭中跟着完蛋，就随他去吧！

他不知道父亲内心的想法。他的父亲不谈论自己，不写日记，也不写信。只有一次，父亲的心房偶尔打开一条缝。他在《阿尔戈斯日报》周末的生活方式增刊里翻到父亲填写过的是非题问卷，问卷的题目是"你的个人满足感

---

① 咪咪（Mimi），歌剧《波西米亚人》中的女主角。

指数"。第三个问题是:"你是否认识很多异性?"他父亲在旁边的小方框里选择了否。第四个问题是:"和异性的关系是你满足感的来源吗?"答案又是否。

总分大概有二十分,他父亲得了六分。这份指数问卷的作者名叫雷·施瓦兹,医学博士,哲学博士,《如何在人生和爱情中获得成功》的作者,这是一本人生指南畅销书,这位作者说,问卷得分有十五分或者更高,意味着答题者过着具有满足感的生活。反过来,十分以下则意味着他或者她需要培养一种更为积极的人生观,可以从参加社交俱乐部或者学跳交谊舞做起。

进一步探讨的主题:他的父亲,以及他为什么要和父亲住在一起。他生命中女人们对此的反应(困惑)。

未标注日期的片段

广播里播放着对共产主义恐怖分子的谴责,也一起谴责了世界基督教会联合会里被他们愚弄的人和他们的盟友。谴责用语或许一天天地变化,但虚张声势的腔调一点没变。自他在伍斯特①的学生时代起,就熟悉这种腔调,当时每周一次,从最年幼到最年长的全部学生,都被集中到学校礼堂接受洗脑。这声音太熟悉了,以至于只要一听见,他就涌起一股发自内心的憎恶,立刻关闭了广播。

---

① 伍斯特(Worcester),南非西开普省的城镇。

他早就知道自己是被损坏的童年的产物；令他感到吃惊的是，最严重的毁坏不是发生在与世隔绝的家里，而是发生在外面，在学校。

他读了不少教育理论，从有关荷兰加尔文主义学校的文章里，他开始明白自己所接受的学校教育是以什么为基础的。拿亚伯拉罕·凯柏①和他的追随者举例，教育的目的是要把孩子们塑造成宗教团体成员，塑造成公民，塑造成未来的父母。是塑造这个词让他犹豫了。在伍斯特上学时，那些被凯柏的追随者塑造的教师，始终在努力塑造他和其他归他们监管的小男孩——像手艺人塑造陶罐一样塑造他们；而他用尽自己所有微不足道的、可悲的、词不达意的手段，试图抵抗他们——过去和现在都在抵抗他们。

但他为何如此顽固地抵抗？他的抗拒来自哪里？他拒绝承认教育的终极目的是将他塑造成某种既定形象，否则他就会失去章法，沉溺于原始的、未开化的野蛮状态里，他的拒绝来自哪里？只可能有一个答案：他这种抗拒的核心，他的反凯柏主义理论，肯定来自于他的母亲。不知是怎么回事，要么是因为她作为福音传教士的女儿的女儿的成长背景，或者更可能是因为她在职业学校度过的一年，那一年里她只收获了一张能在小学任教的文凭，但她在那里肯定还学会了另外一种有关教育者以及教育者的任务的理念，之后将这种理念赋予了她的孩子。他的母亲认为，教育者

---

① 亚伯拉罕·凯柏（Abraham Kuyper, 1837—1920），加尔文主义神学家，1901—1905 年间任荷兰首相。

的任务是识别和培养孩子的天赋,这种天赋是孩子与生俱来的,使孩子独一无二。如果把孩子想象成植物,那么教育者应该给植物的根部浇水施肥,照顾它的生长,而不是——如凯柏派宣扬的——修剪树枝,塑造形状。

但是他凭什么认为他母亲在抚育他成长的过程中——他和他弟弟成长的过程中——遵循了任何理论?为什么事实不能是,他母亲任由他们两个人野蛮成长,因为她自己就是这样野蛮成长的——和她的兄弟姐妹们一起在东开普的农场长大。答案来自他从记忆深处挖出来的名字:蒙台梭利①,鲁道夫·斯坦纳②。当他还是个孩子的时候,这些名字对他来说毫无意义。如今他阅读有关教育的文章,再次看到这些名字。蒙台梭利,蒙台梭利教学法:这就是为什么母亲给他玩积木,起初他会把积木在房间里扔得到处都是,觉得就该这么玩,后来他把积木一块块垒起来,直到这座积木垒成的塔(总是垒成一座塔!)倒下来,他难过得大哭。

他有搭城堡的积木,有捏动物的橡皮泥(一开始他总想要嚼橡皮泥);后来还没等他长大,就拥有了一套包含平板、杆子、螺栓、滑轮和曲柄的麦尔卡罗建筑玩具。

我的小小建筑师;我的小小工程师。在他明确知道自己既不会成为建筑师,也不会成为工程师之前,他母亲就去世了,积木和麦尔卡罗建筑玩具的魔法没有生效,或许橡皮

---

① 蒙台梭利(Maria Montessori, 1870—1952),意大利著名教育学家,蒙台梭利教学法的创始人。

② 鲁道夫·斯坦纳(Rudolf Steiner, 1861—1925),奥地利哲学家。

泥也没用（我的小小雕塑家）。他的母亲是否想过：蒙台梭利教学法会不会完全是一个错误？在更灰暗的时刻她是否甚至会想：我应该让那些加尔文主义者塑造他，我根本不应该支持他的抵抗？

如果伍斯特的学校教师成功地塑造了他，他很有可能已经成为他们中的一员，手里拿着尺子，在一排排安静的孩子间巡查，经过时敲敲他们的桌子，提醒他们这里谁说了算。下班以后，他会回到自己凯柏式家庭的家里，有听话温顺的妻子和听话温顺的孩子——回到自己的家庭，回到自己家乡的社区里的家。而不是像现在这样——怎样？有一个需要照顾的父亲，一个不太会照顾自己的父亲，父亲偷偷抽烟，偷偷喝酒，毫无疑问，对于他们共同的家庭情况怀着和他完全不同的看法；在父亲看来，是他这个不幸的父亲，要照顾成年的儿子，因为从儿子的近况来看，他显然不太会照顾自己。

有待展开：他自己的家庭教育理论，植根于（a）柏拉图和（b）弗洛伊德，理论要素是（a）门徒身份（学生有志成为教师这样的人）以及（b）道德唯心主义（教师努力成为值得学生尊重的人），它的风险在于（a）虚荣（教师沉浸于学生的崇拜）以及（b）性（身体的交配作为获取知识的捷径）。

他在内心问题上被证实无能；教室里的移情（弗洛伊德风格）以及他在情绪管理上一再重复的失败。

未标注日期的片段

他父亲在一家进口销售日本汽车配件的公司做会计。因为大部分配件不是在日本制造的，而是在中国台湾、韩国甚至泰国制造，所以不能算作真正的日本配件。从另外一方面来说，因为它们没有使用被仿冒的制造商包装，而是标明了自己的原产地（用很小的字体），所以也不算是侵权产品。

公司的老板是两兄弟，都是中老年的年纪，说英语带有东欧口音，假装听不懂南非语，但他们是在伊丽莎白港①出生的，完全听得懂街头南非语。他们雇了五个人：三个柜员，一个会计，一个会计助手。会计和助手有一间用木头和玻璃搭建的独立小隔间，将他们和其他事务隔开。至于柜员，他们在柜台和延伸到仓库幽暗深处的汽车配件货架间来回奔波。柜员领班塞德里克从公司开业起就在了。不管是多难找的配件——1968年铃木三轮车的风扇罩，五吨重型卡车的转向节主销衬套——塞德里克都能准确无误地找到。

公司每年都进行一次盘点，所有买卖的配件，每一颗螺母螺栓都包括在内。这是一项重大任务：大部分商人会在盘点期间歇业。但是两兄弟说顶峰汽配公司之所以能走到今天，靠的就是一周五天，早晨八点营业到下午五点，另外

―――――――

① 伊丽莎白港（Port Elizabeth），南非东开普省的主要港口城市。

星期六也开门,早晨八点到下午一点,风雨无阻,一年五十二个星期,圣诞和新年除外。因此盘点必须在营业结束以后进行。

他父亲作为会计是这项工作的主要负责人。盘点期间他舍弃了午饭时间,并且工作到晚上。他独自工作,没有帮手:他父亲的助手诺尔迪恩太太和柜员们都不愿意加班以后搭夜班车回家。他们说天黑以后搭夜班车太危险了:太多下班的乘客遭到袭击和抢劫。所以打烊以后只剩下两兄弟待在办公室里,他父亲待在自己的小隔间里,仔细核查文件和分类账本。

"要是诺尔迪恩太太每天能多留一小时,"他父亲说,"很快就能做完。我报数字,她核对。我一个人实在做不下来。"

他父亲不是有资质的会计,但是在他经营自己的律师事务所的那几年里,至少掌握了基本的财务知识。自从他退出律师行业之后,已经为两兄弟做了十二年会计。开普敦不是一个很大的城市,两兄弟肯定知道他在律师行业里起起伏伏的过往。他们了解这些事情,于是提防着他,防止他耍心眼,即便他已经快退休了。

"你要是能把分类账本带回来,"他向父亲建议,"我能帮你一起核对账目。"

他父亲摇摇头,他能猜到原因。他父亲提到分类账本的时候,会压低声音,好像账本是圣书,而保管账本是神职工作。他的态度似乎表示,保管账本比将表格里数字进行简单运算重要得多。

"我不能把分类账本带回家，"他父亲说，"不能带上火车。两兄弟不会允许的。"

他能理解。万一他父亲被抢了，圣书被偷了，顶峰公司怎么办？

"那我进城去吧，等你们打烊以后，我接替诺尔迪恩太太。我们可以一起从五点干到八点。"

他父亲不吭声。

"我只帮你对账，"他说，"要是有机密内容，我保证不看。"

他第一次去干活的时候，诺尔迪恩太太和柜员都回家了。他父亲将他介绍给两兄弟。"这是我的儿子约翰，"他父亲说，"他来帮我对账。"

他和他们握了握手。罗德尼·希尔维曼先生。巴雷特·希尔维曼先生。

"我们不一定能付得起你的工资，约翰，"罗德尼先生说。他转身对他兄弟说："巴雷特，你觉得哪个收费更高，博士还是会计师？我们大概得去贷款了。"

他们一起哈哈大笑。然后他们报给他一个价格。和他十六年前做学生时，为人口普查在卡片上抄写家庭数据时得到的报酬一模一样。

他和父亲一起在会计的玻璃隔间里坐下。要做的工作很简单。他们要翻看一本本发票，确保抄写在账目和银行分类账本里的数字都是正确的，用红色铅笔一个个打钩，核对页脚的合计总数。

他们开始工作，稳步进展。每一千条账目会出现一个错误,也不过是微不足道的五分钱的出入。剩下的账本都一丝不苟。正如被免职的神职人员是最好的校对员,被拒之门外的律师似乎也能成为出色的会计——被拒之门外的律师在高学历却无业的儿子的帮助下。

第二天他去顶峰公司的路上下了阵雨。他到的时候淋湿了。隔间的玻璃雾蒙蒙的;他没有敲门就进去了。他父亲正伏案工作。隔间里还有一个人,是一个女人,很年轻,有一双羚羊般的眼睛,身形柔软,她正在穿雨衣。

他顿时愣住了。

他父亲从座位上直起身来。"诺尔迪恩太太,这是我的儿子约翰。"

诺尔迪恩太太看了他一眼,没有伸出手。"我要走了。"她低声说,不是对他说的,而是对他父亲。

一个小时以后两兄弟也走了。他父亲烧了一壶水,煮了咖啡。一页又一页,一栏又一栏,他们埋头工作到晚上十点,他父亲累得直眨眼。

雨停了。他们沿着空荡荡的瑞比克大街往车站走:两个身体还行的男人,比孤身一人走夜路安全一些,更比孤身一个女人走夜路安全很多。

"诺尔迪恩太太和你一起工作多久了?"他问。

"她是去年二月来的。"

他等着父亲往下说。父亲没有说。他还有很多可以问的。比如:诺尔迪恩太太包着头巾想必是穆斯林,怎么会为犹太人公司工作,没有男性亲属保护她吗?

"她工作出色吗? 能干吗?"

"很好。一丝不苟。"

他又等着父亲往下说。但是父亲又没有说。

他问不出口的问题是：像你这样一个孤独的男人，日复一日和诺尔迪恩太太这样一个不仅工作出色，一丝不苟，而且有女人味的女人一起，并排坐在比牢房大不了多少的隔间里，你的内心没有波澜吗？

这是他遇见诺尔迪恩太太以后留下的总体印象。他说她有女人味，因为没有更合适的词语：女人味，是女性特质稀薄到了一种精神的程度。和这样一个女人结婚，男人每天要如何从女人味高雅的精神层面跨越到女性世俗的身体层面？和这样一个女人睡在一起，拥抱她，感知她，触碰她——心灵会有什么变化？而整天在她身边，感知着她最细微的动作：他父亲在施瓦兹博士生活方式问卷里的悲伤答案——"和异性的关系是你满足感的来源吗？""不是。"——是否因为他在人生的暮年，遇见这样一个他从未见过，也无望拥有的美人？

问题：为什么明明是他自己爱上了诺尔迪恩太太，却要问他父亲有没有爱上她？

未标注日期的片段

故事构想。

一个男人，一个作家，有写日记的习惯。他在日记里写下想法、念头、重要的事情。

他的生活开始变糟。"坏日子。"他在日记里写下，不加以描述。"坏日子……坏日子。"他日复一日地写。

他厌倦了把每天都称为坏日子，于是决定简单地给坏日子标上星号，就好像有些人（女人）会给月经的日子标上红叉，或者有些人（男人，玩弄女人的人）会给获得成功的日子标上"×"。

坏日子越来越多，星号像苍蝇成灾一样繁殖。

如果他能写诗的话，诗或许能带他找到不安的根源，他的不安以星号的形式与日俱增。但是他心中诗的源泉似乎已经枯竭。

他还能依靠散文。理论上来说，散文和诗一样具有净化作用。但他表示怀疑。以他的经验看来，散文需要的字数比诗多很多。如果一个人缺乏第二天还能活着继续写下去的信心，还是不要开始写散文比较好。

他盘算着这些想法——关于诗的想法，关于散文的想法——作为一种不写作的方法。

他在日记本的最后几页列了一些单子。有一张单子的标题是"干掉自己的办法"。左边一栏写的是"方法"，右边一栏写的是"缺点"。

在干掉自己的办法里，他深思熟虑以后最喜欢的是溺水，也就是说夜晚开车去钓鱼镇①，停在海滩空荡荡的尽头，在车里脱下衣服，换上游泳裤（为什么？），穿过沙滩（必须得是有月光的夜晚），迎着海浪，奋力游入黑暗，游啊游，

---

① 钓鱼镇（Fish Hoek），位于西开普省开普半岛的海滨小镇。

直到体力用尽,听任命运的安排。

他和世界的交媾似乎都是隔着一层薄膜发生的。因为薄膜在,不可能受精(世界让他受精)。这是一个有趣的比喻,充满潜在性,但是没有任何可以预见的发展。

未标注日期的片段

他父亲在卡鲁的农场喝氟化物含量很高的自流水长大。氟将他牙齿的釉质层变成褐色,像石头一样硬。他曾经夸口说他永远不需要看牙医。结果到了中年他的牙齿一个接一个烂了,他不得不把牙齿都拔了。

现在他六十五六岁,牙龈出了问题。出现了无法治愈的脓肿。他的喉咙感染了。吞咽和讲话都很痛苦。

他先去看了牙医,然后去看了耳鼻喉科专家,专家让他拍 X 片。片子显示他的喉咙上有恶性肿瘤。专家建议他立刻做手术。

他去格鲁特斯库尔医院的男病房看望父亲。父亲穿着统一的病号服,眼神惊恐。那身衣服太大,他在里面像一只瘦骨嶙峋的鸟。

"这是常规手术,"他宽慰父亲说,"不用几天就能出院了。"

"你能不能和两兄弟说一声?"父亲痛苦缓慢地低声说。

"我会打电话给他们。"

"诺尔迪恩太太很能干。"

"我相信诺尔迪恩太太很能干。她一定能处理好事情,直到你回去。"

他没有其他要说的了。他可以伸出手去握住父亲的手,安慰他,让他知道他不孤独,他被爱着,被珍惜着。但是他没有这么做。除了小孩,还没有被塑造的小孩,他们家的人不习惯伸手去触碰另外一个人。这还不是最糟的。如果在这种极端情况下他无视家庭习惯,握住他父亲的手,这个举动包含了真实的情感吗?他父亲真的被爱着,被珍惜着吗?他父亲真的不是独自一人吗?

他走了很长一段路,从医院来到主路,然后沿着主路走到纽兰兹。刮着猛烈的东南风,卷起沟渠里的垃圾。他走得很快,感觉到四肢的活力和心脏稳定的跳动。医院的空气还在他的肺里,他必须排出它,摆脱它。

第二天他走进病房的时候,他父亲仰面平躺着,胸口和喉咙裹着敷药,插着引流管。看起来像一具尸体,一具老人的尸体。

面对这样的场景他有心理准备。外科医生说长了肿瘤的咽喉必须切除,没有其他办法。他父亲再也不能用正常的方式讲话了。但是到时候等伤口愈合了,他可以安装一个发声器,让他能够进行某种形式的语音交流。更紧要的任务是确保癌细胞没有扩散,这就意味着要进行更多检查,外加放射治疗。

"我父亲知道这些吗?"他问外科医生,"他知道自己的情况吗?"

"我尽力向他解释了，"外科医生说，"但我不知道他听进去多少。他还处于休克状态。当然这也是意料之中的。"

他站在躺在床上的父亲身边。"我给顶峰公司打过电话了，"他说，"我和两兄弟通了话，解释了情况。"

他父亲睁开眼睛。通常来说，他很怀疑眼珠表达复杂情感的能力，但是这次他动摇了。他父亲流露出来的神情是一种彻底的冷漠：对他的冷漠，对顶峰公司的冷漠，对一切的冷漠，只关心他自己的灵魂是否能够永生。

"两兄弟向你问好，"他继续说，"希望你早日康复。他们说不用担心，诺尔迪恩太太会打理好一切直到你能回去上班。"

真是那样。两兄弟，或者别管和他通话的是两兄弟中的哪一个，真的是关怀备至。两兄弟或许不完全信任自己的会计，却不是冷漠的人。"一个难能可贵的人，"——刚刚和他通话的那位兄弟是这样称呼他父亲的，"你父亲是一个难能可贵的人，我们永远为他保留这份工作。"

这当然是假想，全部都是。他父亲再也不能回去工作了。一个星期或者两三个星期以后，他会出院回家，治愈或者部分治愈，开始他接下来的最后的人生阶段，他的日常经济来源将依靠汽车工业基金会、南非国家养老金管理局以及他残存的家庭。

"你需要我带什么东西给你吗？"他问。

他父亲用左手稍稍做出摸索的动作，他注意到父亲的指甲不干净。"你想写东西吗？"他掏出口袋记事本，翻到写着"电话号码"的那一页，和钢笔一起递了过去。

他父亲的手指不动了,眼睛也失去了焦点。

"我不明白你的意思,"他说,"再告诉我一下你想要什么?"

他父亲缓缓摇头,从左边到右边。

病房里其他床的床头柜放着花瓶,杂志,有的还放着相框。而他父亲的床头柜空空的,只有一杯水。

"我得走了,"他说,"我还要上课。"

他在门口的售货亭买了一包含片,回到父亲床边。"我给你买了这个,"他说,"要是觉得口干就含在嘴里。"

两个星期以后他父亲坐救护车回家。他能够拄着拐杖缓缓走路。他自己从前门走进卧室,关上了门。

一位救护车上的护工递给他一张复印的指南,上面写着"喉切手术——病人护理",还有一张写着诊所开放时间的卡片。他扫了一眼那张纸。上面有一张头部轮廓图,喉咙下方标有黑色圆圈。写着"伤口护理"。

他缩了缩。"我做不了这个。"他说。救护车的护工互相看了一眼,耸耸肩。护理伤口,照料病人都不关他们的事。他们的任务是把病人送到他或者她的住处。那之后就是病人自己的事情,或者是病人家属的事情,或者和任何人都无关了。

他约翰过去无牵无挂。现在不行了。现在他有得忙了,越来越忙。他得要放弃一些自己的事情,担当护士。或者,如果他做不成护士,他得告诉他父亲:我无法面对往后日夜照料你的前景。我要抛弃你了。再见。不是这样,就是那样:没有第三条路了。